U0088065

왕초보
여행 한국어 회화

背包客的
菜韓文
自由行

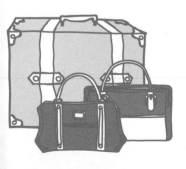

其組合方式有以下幾種：

1.子音加母音，例如：저(我)
2.子音加母音加子音，例如：밤（夜晚）
3.子音加複合母音，例如：위（上）
4.子音加複合母音加子音，例如：관（官）
5.一個子音加母音加兩個子音，如：값（價錢）

簡易拼音使用方式：

1. 為了讓讀者更容易學習發音，本書特別使用「簡易拼音」來取代一般的羅馬拼音。
   規則如下，
   例如：
   그러면 우리 집에서 저녁을 먹자.

   geu.reo.myeon/u.ri/ji.be.seo/jeo.nyeo.geul/meok.jja
   ----------普遍拼音

   geu.ro*.myo*n/u.ri/ji.be.so*/jo*.nyo*.geul/mo*k.jja
   ------------簡易拼音

   那麼，我們在家裡吃晚餐吧！

   文字之間的空格以「/」做區隔。
   不同的句子之間以「//」做區隔。

基本母音：

	韓國拼音	簡易拼音	注音符號
ㅏ	a	a	ㄚ
ㅑ	ya	ya	ㄧㄚ
ㅓ	eo	o*	ㄛ
ㅕ	yeo	yo*	ㄧㄛ
ㅗ	o	o	ㄡ
ㅛ	yo	yo	ㄧㄡ
ㅜ	u	u	ㄨ
ㅠ	yu	yu	ㄧㄨ
ㅡ	eu	eu	(ㄜ)
ㅣ	i	i	ㄧ

特別提示：

1. 韓語母音「ㅡ」的發音和「ㄜ」發音有差異，但嘴型要拉開，牙齒快要咬住的狀態，才發得準。
2. 韓語母音「ㅓ」的嘴型比「ㅗ」還要大，整個嘴巴要張開成「大O」的形狀，
   「ㅗ」的嘴型則較小，整個嘴巴縮小到只有「小o」的嘴型，類似注音「ㄡ」。
3. 韓語母音「ㅕ」的嘴型比「ㅛ」還要大，整個嘴巴要張開成「大O」的形狀，
   類似注音「ㄧㄛ」，「ㅛ」的嘴型則較小，整個嘴巴縮小到只有「小o」的嘴型，類似注音「ㄧㄡ」。

基本子音：

	韓國拼音	簡易拼音	注音符號
ㄱ	g,k	k	ㄎ
ㄴ	n	n	ㄋ
ㄷ	d,t	d,t	ㄊ
ㄹ	r,l	l	ㄌ
ㅁ	m	m	ㄇ
ㅂ	b,p	p	ㄆ
ㅅ	s	s	ㄙ,(ㄒ)
ㅇ	ng	ng	不發音
ㅈ	j	j	ㄗ
ㅊ	ch	ch	ㄘ

特別提示：

1. 韓語子音「ㅅ」有時讀作「ㄙ」的音，有時則讀作「ㄒ」的音。「ㄒ」音是跟母音「ㅣ」搭在一塊時，才會出現。
2. 韓語子音「ㅇ」放在前面或上面不發音；放在下面則讀作「ng」的音，像是用鼻音發「嗯」的音。
3. 韓語子音「ㅈ」的發音和注音「ㄗ」類似，但是發音的時候更輕，氣更弱一些。

氣音：

	韓國拼音	簡易拼音	注音符號
ㅋ	k	k	ㄎ
ㅌ	t	t	ㄊ
ㅍ	p	p	ㄆ
ㅎ	h	h	ㄏ

特別提示：

1. 韓語子音「ㅋ」比「ㄱ」的較重，有用到喉頭的音，音調類似國語的四聲。

   ㅋ＝ㄱ＋ㅎ

2. 韓語子音「ㅌ」比「ㄷ」的較重，有用到喉頭的音，音調類似國語的四聲。

   ㅌ＝ㄷ＋ㅎ

3. 韓語子音「ㅍ」比「ㅂ」的較重，有用到喉頭的音，音調類似國語的四聲。

   ㅍ＝ㅂ＋ㅎ

複合母音：

	韓國拼音	簡易拼音	注音符號
ㅐ	ae	e*	ㄝ
ㅒ	yae	ye*	ㄧㄝ
ㅔ	e	e	ㄟ
ㅖ	ye	ye	ㄧㄟ
ㅘ	wa	wa	ㄨㄚ
ㅙ	wae	we*	ㄨㄝ
ㅚ	oe	we	ㄨㄟ
ㅞ	we	we	ㄨㄟ
ㅝ	wo	wo	ㄨㄛ
ㅟ	wi	wi	ㄨㄧ
ㅢ	ui	ui	ㄜㄧ

特別提示：

1. 韓語母音「ㅐ」比「ㅔ」的嘴型大，舌頭的位置比較下面，發音類似「ae」；「ㅔ」的嘴型較小，舌頭的位置在中間，發音類似「e」。不過一般韓國人讀這兩個發音都很像。

2. 韓語母音「ㅒ」比「ㅖ」的嘴型大，舌頭的位置比較下面，發音類似「yae」；「ㅖ」的嘴型較小，舌頭的位置在中間，發音類似「ye」。不過很多韓國人讀這兩個發音都很像。

3. 韓語母音「ㅚ」和「ㅞ」比「ㅙ」的嘴型小些，「ㅙ」的嘴型是圓的；「ㅚ」、「ㅞ」則是一樣的發音。不過很多韓國人讀這三個發音都很像，都是發類似「we」的音。

硬音：

	韓國拼音	簡易拼音	注音符號
ㄲ	kk	g	ㄍ
ㄸ	tt	d	ㄉ
ㅃ	pp	b	ㄅ
ㅆ	ss	ss	ㄙ
ㅉ	jj	jj	ㄗ

特別提示：

1. 韓語子音「ㅆ」比「ㅅ」用喉嚨發重音，音調類似國語的四聲。
2. 韓語子音「ㅉ」比「ㅈ」用喉嚨發重音，音調類似國語的四聲。

*表示嘴型比較大

1 韓語發音篇

2 在機場

3 交通工具

6 在餐館

韓語

發音篇

Chapter 1

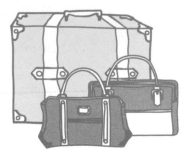

韓語字母 — 單母音

　　韓語的母音分成「單母音（단모음）」和「二重母音（이중모음）」。二重母音又稱為「複合母音」。單母音共有 10 個，複合母音共有 11 個。首先，請大家一邊聽 MP3 一邊學習單母音的發音吧。為了輔助讀者加速記憶，特別列出了「簡易羅馬拼音」與「中文拼音」，發音的時候可以參考一下喔！

跟著 MP3一起念念看　　　　　　　　　♪ Track 007

母音	發音	發音技巧
ㅏ	羅　a 中　阿	嘴巴自然張開，舌尖向下，嘴唇放鬆，發出類似「ㄚ」的音。
ㅑ	羅　ya 中　鴨	先發中文「一」的音，然後迅速接著發出「ㅏ」的音，類似「鴨」的音。
ㅓ	羅　o* 中　喔	嘴巴自然張開，舌頭稍微抬起，比「ㅏ」的嘴形小一點，類似「喔」的音。
ㅕ	羅　yo* 中　唷	先發中文「一」的音，然後迅速接著發出「ㅓ」的音，類似「唷」的音。

ㅗ	羅 o 中 毆	嘴巴稍微打開，「ㅗ」的嘴型比「ㅓ」還小，嘴唇成圓形狀，舌頭自然抬起，類似「毆」的音。
ㅛ	羅 yo 中 呦	先發中文「一」的音，然後迅速接著發出「ㅗ」的音，「ㅛ」的嘴型比「ㅕ」還小，類似「呦」的音。
ㅜ	羅 u 中 烏	「ㅜ」的嘴型比「ㅗ」更小，嘴唇向外嘟出，成小圓形狀，類似「烏」的音。
ㅠ	羅 yu 中 X	先發中文「一」的音，然後迅速接著發出「ㅜ」的音，發出類似英文字母「U」的音。
ㅡ	羅 eu 中 X	嘴巴稍微張開，舌頭向上顎抬起，嘴唇向兩邊拉開，發出類似「さ」的音。
ㅣ	羅 i 中 衣	嘴巴稍微張開，嘴唇向左右拉開，發出類似中文「衣」的音。

認識單母音的名稱

現在，10 個單母音都背下來了嗎？接著帶大家來了解一下單母音的名稱，也就是韓文字的寫法囉！母音和子音都只能算是字母，不算是一個韓文字。一個韓文字的基本條件是必須要有一個子音和一個母音組合而成。單母音的韓文字就是在母音字母前面 (左側)，加上一個子音「ㅇ」就完成了。念法不變，因為子音「ㅇ」在母音前時「不發音」。請大家跟著 MP3 念看看、寫看看下面的名稱吧！

跟著 MP3一起念念看　　　　♪ Track 008

母音	名稱	羅馬拼音	練習寫
ㅏ	아	a	
ㅑ	야	ya	
ㅓ	어	o*	
ㅕ	여	yo*	
ㅗ	오	o	
ㅛ	요	yo	
ㅜ	우	u	
ㅠ	유	yu	
ㅡ	으	eu	
ㅣ	이	i	

跟著 MP3念看看、寫看看下列單字 ♪ Track 009

單字	發音		中譯	練習寫
아이	羅 中	a.i 阿衣	小孩	
여우	羅 中	yo*.u 唷烏	狐狸	
우유	羅 中	u.yu 烏U	牛奶	
아우	羅 中	a.u 阿烏	弟弟	
유아	羅 中	yu.a U阿	幼兒	
오이	羅 中	o.i 歐衣	小黃瓜	
어이	羅 中	o*.i 喔衣	喂、唉 呦	
어유	羅 中	o*.yu 喔U	魚油	
야유	羅 中	ya.yu 鴨U	倒彩、 噓聲	
우아	羅 中	u.a 烏阿	優雅	

韓語字母 ─ 單子音

韓語的子音分成「單子音 (단자음)」、「雙子音 (쌍자음)」。雙子音又稱為「硬音」。單子音共有 14 個，雙子音共有 5 個。首先，請大家參考下方的表格來學習單子音的發音。為了輔助讀者加速記憶，特別列出了「簡易羅馬拼音」與「注音拼音」，發音的時候可以參考一下喔！

子音	發音	發音技巧
ㄱ	羅　k / g 注　ㄎ / ㄍ	當ㄱ出現在單字的頭音時，就發「ㄎ (k)」的音；當ㄱ不是出現在單字頭音時，就發「ㄍ (g)」的音。
ㄴ	羅　n 注　ㄋ	舌尖先抵住上齒齦，然後放開，同時震動聲帶，發出類似注音「ㄋ」的音。
ㄷ	羅　t / d 注　ㄊ / ㄉ	當ㄷ出現在單字的頭音時，就發「ㄊ (t)」的音；當ㄷ不是出現在單字的頭音時，就發「ㄉ (d)」的音。
ㄹ	羅　r 注　ㄌ	當ㄹ在母音前方時，發「r」的音。
ㅁ	羅　m 注　ㄇ	發出類似注音「ㄇ」的音。

ㅂ	羅 p / b 注 ㄆ / ㄅ	當ㅂ出現在單字的頭音時，發「ㄆ (p)」的音；當ㅂ不是出現在單字的頭音時，就發「ㄅ (b)」的音。
ㅅ	羅 s 注 ㄙ	當ㅅ在母音前方時，發「s」的音。
ㅇ	羅 x 注 x	當ㅇ放在母音前面或上面時不發音，只發後面的母音。
ㅈ	羅 j 注 ㄗ	當ㅈ出現在單字的頭音時，就發「ㄘ和ㄗ」之間的音；當ㅈ不是出現在單字的頭音時，就發「ㄗ (j)」的音。
ㅊ	羅 ch 注 ㄘ	當ㅊ在母音前方時，發「ch」的音，發音時需送氣。
ㅋ	羅 k 注 ㄎ	發音方法和「ㄱ」幾乎相同，但發音時會比「ㄱ」的音還用力，也會感覺到有氣出來。
ㅌ	羅 t 注 ㄊ	發音方法和「ㄷ」幾乎相同，但發音時會比「ㄷ」的音還用力，也會感覺到有氣出來。
ㅍ	羅 p 注 ㄆ	發音方法和「ㅂ」幾乎相同，但發音時會比「ㅂ」的音還用力，也會感覺到有氣出來。

| ㅎ | 羅 h
注 ㄱ | 發音時，氣流穿過軟顎後的聲門，摩擦發出類似「呵」的音。 |

認識單子音的名稱

現在，14 個單子音都背下來了嗎？接著一起來看看單子音的名稱吧！

下表是各單子音的名稱，稍微認識一下就可以囉！

跟著 MP3一起念念看

♪ Track 010

子音	名稱	簡易拼音	練習寫
ㄱ	기역	gi.yo*k	
ㄴ	니은	ni.eun	
ㄷ	디귿	di.geut	
ㄹ	리을	ri.eul	
ㅁ	미음	mi.eum	
ㅂ	비읍	bi.eup	
ㅅ	시옷	si.ot	
ㅇ	이응	i.eung	
ㅈ	지읒	ji.eut	
ㅊ	치읓	chi.eut	
ㅋ	키읔	ki.euk	
ㅌ	티읕	ti.eut	
ㅍ	피읖	pi.eup	
ㅎ	히읗	hi.eut	

單子音－ㄱ

ㄱ在母音前方或上方時，發「ㄎ (k)」或「ㄍ (g)」的音。

從上到下依序念念看

♪ Track 011

子音／母音	ㄱ (k)	中文拼音	練習寫
ㅏ (a)	가 ka	咖	
ㅑ (ya)	갸 kya	可鴨	
ㅓ (o*)	거 ko*	摳	
ㅕ (yo*)	겨 kyo*	可優	
ㅗ (o)	고 ko	口	
ㅛ (yo)	교 kyo	可又	
ㅜ (u)	구 ku	褲	
ㅠ (yu)	규 kyu	可 U	
ㅡ (eu)	그 keu	科	
ㅣ (i)	기 ki	可衣	

跟著 MP3念看看、寫看看下列單字 ♪ Track 012

單字	發音		中譯	練習寫
가구	羅 中	ka.gu 咖股	家具	
가수	羅 中	ka.su 咖蘇	歌手	
거리	羅 中	ko*.ri 摳里	距離、 街道	
겨우	羅 中	kyo*.u 可優烏	好不容易	
고아	羅 中	ko.a 摳阿	孤兒	
교사	羅 中	kyo.sa 可優沙	教師	
구두	羅 中	ku.du 哭賭	皮鞋	
규모	羅 中	kyu.mo 可 U 摸	規模	
그녀	羅 中	keu.nyo* 科妞	她	
기자	羅 中	ki.ja 可依炸	記者	

單子音 — ㄴ

ㄴ在母音前方或上方時，發「ㄋ (n)」的音。

從上到下依序念念看

♪ Track 013

子音 母音	ㄴ (n)	中文 拼音	練習寫
ㅏ (a)	나 na	那	
ㅑ (ya)	냐 nya	呢訝	
ㅓ (o*)	너 no*	樓	
ㅕ (yo*)	녀 nyo*	扭	
ㅗ (o)	노 no	呢歐	
ㅛ (yo)	뇨 nyo	妞	
ㅜ (u)	누 nu	努	
ㅠ (yu)	뉴 nyu	呢 U	
ㅡ (eu)	느 neu	呢	
ㅣ (i)	니 ni	你	

跟著 MP3念看看、寫看看下列單字 ♪ Track 014

單字	發音		中譯	練習寫
나이	羅	na.i	年紀	
	中	那衣		
나무	羅	na.mu	樹木	
	中	那目		
너무	羅	no*.mu	太、	
	中	樓木	非常	
노트	羅	no.teu	筆記	
	中	呢歐特	本	
누나	羅	nu.na	姊姊	
	中	努那		
누구	羅	nu.gu	誰	
	中	努古		
뉴스	羅	nyu.seu	電視	
	中	呢U思	新聞	
느리다	羅	neu.ri.da	緩慢	
	中	呢里打		
노크	羅	no.keu	敲門	
	中	呢歐可		
아주머니	羅	a.ju.mo*.ni	阿姨 /	
	中	阿租摸你	大媽	

單子音 ─ ㄷ

ㄷ在母音前方或上方時，發「ㄊ(t)」或「ㄉ(d)」的音。

從上到下依序念念看

♪ Track 015

子音 母音	ㄷ (t)	中文 拼音	練習寫
ㅏ (a)	다 ta	他	
ㅑ (ya)	댜 tya	特訝	
ㅓ (o*)	더 to*	投	
ㅕ (yo*)	뎌 tyo*	特優	
ㅗ (o)	도 to	透	
ㅛ (yo)	됴 tyo	特又	
ㅜ (u)	두 tu	吐	
ㅠ (yu)	듀 tyu	特U	
─ (eu)	드 teu	特	
ㅣ (i)	디 ti	替	

單字	發音		中譯	練習寫
다리	羅 中	ta.ri 他里	腿、橋	
다수	羅 中	ta.su 他蘇	多數	
도시	羅 中	to.si 透西	都市	
도자기	羅 中	to.ja.gi 透渣可衣	陶瓷	
두부	羅 中	tu.bu 凸布	豆腐	
드라마	羅 中	teu.ra.ma 特拉馬	連續劇	
디스크	羅 中	di.seu.keu 地思可	唱片	
지도	羅 中	ji.do 七抖	地圖	
바다	羅 中	pa.da 怕打	海	
라디오	羅 中	ra.di.o 拉低喔	廣播	

單子音 — ㄹ

ㄹ在母音前方或上方時，發「ㄌ (r)」的音。

從上到下依序念念看

♪ Track 017

子音 母音	ㄹ (r)	中文 拼音	練習寫
ㅏ (a)	라 ra	拉	
ㅑ (ya)	랴 rya	了鴨	
ㅓ (o*)	러 ro*	囉	
ㅕ (yo*)	려 ryo*	溜	
ㅗ (o)	로 ro	了歐	
ㅛ (yo)	료 ryo	六	
ㅜ (u)	루 ru	嚕	
ㅠ (yu)	류 ryu	了U	
ㅡ (eu)	르 reu	勒	
ㅣ (i)	리 ri	里	

單字	發音		中譯	練習寫
라이터	羅 中	ra.i.to* 拉衣透	打火機	
러시아	羅 中	ro*.si.a 囉西阿	俄羅斯	
로고	羅 中	ro.go 了歐狗	商標 / 標誌	
로마자	羅 中	ro.ma.ja 了歐媽炸	羅馬字	
로비	羅 中	ro.bi 了歐比	大廳	
리더	羅 中	ri.do* 里投	領導者	
리스트	羅 中	ri.seu.teu 里斯特	清單 / 名單	
리터	羅 中	ri.to* 里透	公升	
소라	羅 中	so.ra 蒐拉	海螺	
유리	羅 中	yu.ri U里	玻璃	

單子音 — ㅁ

ㅁ在母音前方或上方時，發「ㄇ (m)」的音。

從上到下依序念念看

♪ Track 019

子音 母音	ㅁ (m)	中文 拼音	練習寫
ㅏ (a)	마 ma	媽	
ㅑ (ya)	먀 mya	悶呀	
ㅓ (o*)	머 mo*	摸	
ㅕ (yo*)	며 myo*	悶優	
ㅗ (o)	모 mo	末	
ㅛ (yo)	묘 myo	謬	
ㅜ (u)	무 mu	目	
ㅠ (yu)	뮤 myu	麼U	
ㅡ (eu)	므 meu	悶	
ㅣ (i)	미 mi	咪	

單字	發音		中譯	練習寫
마리	羅 中	ma.ri 媽里	隻、頭	
마누라	羅 中	ma.nu.ra 媽努拉	老婆	
머리	羅 中	mo*.ri 摸里	頭、頭髮	
모자	羅 中	mo.ja 摸炸	帽子	
모교	羅 中	mo.gyo 摸個優	母校	
모기	羅 中	mo.gi 摸可衣	蚊子	
모녀	羅 中	mo.nyo* 摸妞	母女	
무기	羅 中	mu.gi 目個衣	武器	
무료	羅 中	mu.ryo 目了優	免費	
미소	羅 中	mi.so 咪搜	微笑	

單子音 ― ㅂ

ㅂ在母音前方或上方時，發「ㄆ (p)」或「ㄅ (b)」的音。

從上到下依序念念看

♪ Track 021

子音 母音	ㅂ (p)	中文 拼音	練習寫
ㅏ (a)	바 pa	怕	
ㅑ (ya)	뱌 pya	噴訝	
ㅓ (o*)	버 po*	破	
ㅕ (yo*)	벼 pyo*	噴優	
ㅗ (o)	보 po	頗	
ㅛ (yo)	뵤 pyo	噴又	
ㅜ (u)	부 Pu	鋪	
ㅠ (yu)	뷰 pyu	噴U	
ㅡ (eu)	브 peu	噴	
ㅣ (i)	비 pi	匹	

單字	發音		中譯	練習寫
바구니	羅 中	pa.gu.ni 怕古你	籃子	
바로	羅 中	pa.ro 怕囉	馬上 / 立即	
바보	羅 中	pa.bo 怕跛	笨蛋	
버스	羅 中	po*.seu 破思	公車	
보고	羅 中	po.go 頗狗	報告	
보리	羅 中	po.ri 頗里	大麥	
부부	羅 中	pu.bu 撲捕	夫婦 / 夫妻	
부디	羅 中	pu.di 撲底	務必 / 一定	
비서	羅 中	pi.so* 匹搜	秘書	
비누	羅 中	pi.nu 匹努	肥皂	

單子音 — ㅅ

ㅅ在母音前方或上方時，發「ㄙ (s)」的音。

從上到下依序念念看

子音 母音	ㅅ (s)	中文 拼音	練習寫
ㅏ (a)	사 sa	撒	
ㅑ (ya)	샤 sya	蝦	
ㅓ (o*)	서 so*	搜	
ㅕ (yo*)	셔 syo*	修	
ㅗ (o)	소 so	嗽	
ㅛ (yo)	쇼 syo	秀	
ㅜ (u)	수 su	蘇	
ㅠ (yu)	슈 syu	思 U	
ㅡ (eu)	스 seu	思	
ㅣ (i)	시 si	西	

單字	發音		中譯	練習寫
사나이	羅	sa.na.i	男子漢	
	中	沙那衣		
사자	羅	sa.ja	獅子	
	中	沙眨		
서다	羅	so*.da	站	
	中	搜打		
서구	羅	so*.gu	西方、西區	
	中	搜古		
셔터	羅	syo*.to*	(相機)快門	
	中	修透		
소파	羅	so.pa	沙發	
	中	嗽怕		
소주	羅	so.ju	燒酒	
	中	嗽組		
수도	羅	su.do	首都	
	中	蘇抖		
사이다	羅	sa.i.da	汽水	
	中	沙衣打		
시가	羅	si.ga	詩歌	
	中	西嘎		

單子音 ─ ㅇ

ㅇ在母音前方或上方時不發音,只發後面的母音。

從上到下依序念念看

♪ Track 025

子音 母音	ㅇ (X)	中文 拼音	練習寫
ㅏ (a)	아 a	阿	
ㅑ (ya)	야 ya	鴨	
ㅓ (o*)	어 o*	喔	
ㅕ (yo*)	여 yo*	唷	
ㅗ (o)	오 o	毆	
ㅛ (yo)	요 yo	呦	
ㅜ (u)	우 u	烏	
ㅠ (yu)	유 yu	U	
ㅡ (eu)	으 eu	鵝	
ㅣ (i)	이 i	衣	

跟著 MP3念看看、寫看看下列單字 ♪ Track 026

單字	發音		中譯	練習寫
아가	羅 中	a.ga 阿嘎	小寶寶	
아시아	羅 中	a.si.a 阿西阿	亞洲	
야구	羅 中	ya.gu 鴨古	棒球	
어디	羅 中	o*.di 喔底	哪裡	
오리	羅 中	o.ri 歐里	鴨	
오후	羅 中	o.hu 歐虎	下午	
요가	羅 中	yo.ga 呦嘎	瑜珈	
우주	羅 中	u.ju 烏組	宇宙	
유가	羅 中	yu.ga U嘎	油價	
이모	羅 中	i.mo 衣摸	阿姨、 姨母	

單子音 ─ ㅈ

ㅈ在母音前方或上方時，可以發「ㄘ和ㄗ之間的音」或
「ㄗ」的音。

從上到下依序念念看

♪ Track 027

子音 母音	ㅈ (j)	中文拼音	練習寫
ㅏ (a)	자 ja	差	
ㅑ (ya)	쟈 jya	洽	
ㅓ (o*)	저 jo*	醜	
ㅕ (yo*)	져 jyo*	邱	
ㅗ (o)	조 jo	臭	
ㅛ (yo)	죠 jyo	吃又	
ㅜ (u)	주 ju	出	
ㅠ (yu)	쥬 jyu	吃U	
ㅡ (eu)	즈 jeu	資	
ㅣ (i)	지 ji	起	

單字	發音		中譯	練習寫
자기	羅 中	ja.gi 差可衣	自己	
자료	羅 中	ja.ryo 差六	資料	
저기	羅 中	jo*.gi 醜個衣	那裡	
조교	羅 中	jo.gyo 臭個呦	助教	
주스	羅 中	ju.seu 組思	果汁	
주머니	羅 中	ju.mo*.ni 組摸你	口袋	
주사	羅 中	ju.sa 出沙	打針	
지구	羅 中	ji.gu 起古	地球	
지리	羅 中	ji.ri 起里	地理	
바지	羅 中	pa.ji 怕幾	褲子	

單子音 ― ㅊ

ㅊ在母音前方或上方時，發「ㄘ (ch)」的音。

從上到下依序念念看

♪ Track 029

子音 母音	ㅊ (ch)	中文 拼音	練習寫
ㅏ (a)	차 cha	剎	
ㅑ (ya)	챠 chya	恰	
ㅓ (o*)	처 cho*	抽	
ㅕ (yo*)	쳐 chyo*	秋	
ㅗ (o)	초 cho	湊	
ㅛ (yo)	쵸 chyo	七又	
ㅜ (u)	추 chu	促	
ㅠ (yu)	츄 chyu	疵U	
ㅡ (eu)	츠 cheu	刺	
ㅣ (i)	치 chi	氣	

單字	發音		中譯	練習寫
차	羅 中	cha 剎	茶 / 車	
처리	羅 中	cho*.ri 抽里	處理	
처가	羅 中	cho*.ga 抽嘎	岳母 家	
초	羅 中	cho 湊	秒	
초코우유	羅 中	cho.ko.u.yu 湊摳屋U	可可 牛奶	
추리	羅 中	chu.ri 促里	推理	
치마	羅 中	chi.ma 氣馬	裙子	
치즈	羅 中	chi.jeu 氣資	起司	
고추	羅 中	go.chu 摳促	辣椒	
가치	羅 中	ga.chi 卡氣	價值	

單子音 — ㅋ

ㅋ在母音前方或上方時,發「ㄎ (k)」的音。

發音時,需要發重音兼送氣。

從上到下依序念念看

♪ Track 031

子音 母音	ㅋ (k)	中文 拼音	練習寫
ㅏ (a)	카 ka	卡	
ㅑ (ya)	캬 kya	客訝	
ㅓ (o*)	커 ko*	扣	
ㅕ (yo*)	켜 kyo*	客呦	
ㅗ (o)	코 ko	叩	
ㅛ (yo)	쿄 kyo	客又	
ㅜ (u)	쿠 ku	褲	
ㅠ (yu)	큐 kyu	客U	
ㅡ (eu)	크 keu	客	
ㅣ (i)	키 ki	客衣	

單字	發音		中譯	練習寫
카지노	羅 中	ka.ji.no 卡機呢喔	賭場	
카고	羅 中	ka.go 卡狗	貨物	
커피	羅 中	ko*.pi 扣屁	咖啡	
코	羅 中	ko 叩	鼻子	
코코아	羅 中	ko.ko.a 叩叩阿	可可亞	
쿠키	羅 中	ku.ki 褲客衣	餅乾	
쿠바	羅 中	ku.ba 褲爸	古巴	
크기	羅 中	keu.gi 客可衣	大小	
크다	羅 中	keu.da 客打	大	
키스	羅 中	ki.seu 客衣思	接吻	

單子音 — ㅌ

　　ㅌ在母音前方或上方時發「ㄊ (t)」的音。

　　發音時，需要發重音兼送氣。

從上到下依序念念看

♪ Track 033

子音 母音	ㅌ (t)	中文 拼音	練習寫
ㅏ (a)	타 ta	踏	
ㅑ (ya)	탸 tya	特訝	
ㅓ (o*)	터 to*	投	
ㅕ (yo*)	텨 tyo*	特優	
ㅗ (o)	토 to	透	
ㅛ (yo)	툐 tyo	特又	
ㅜ (u)	투 tu	吐	
ㅠ (yu)	튜 tyu	特U	
ㅡ (eu)	트 teu	特	
ㅣ (i)	티 ti	替	

單字	發音		中譯	練習寫
타이어	羅 中	ta.i.o* 踏衣喔	輪胎	
터키	羅 中	to*.ki 透客衣	土耳其	
토하다	羅 中	to.ha.da 透哈打	嘔吐	
토마토	羅 中	to.ma.to 透媽透	番茄	
투자	羅 中	tu.ja 吐炸	投資	
투표	羅 中	tu.pyo 吐噴吻	投票	
튜바	羅 中	tyu.ba 特U爸	低音 大號	
티슈	羅 中	ti.syu 替修	紙巾	
티셔츠	羅 中	ti.syo*.cheu 替秀資	T恤	
코트	羅 中	ko.teu 叩特	大衣 外套	

單子音 — ㅍ

ㅍ在母音前方或上方時發「ㄆ (p)」的音。

發音時，需要發重音兼送氣。

從上到下依序念念看

♪ Track 035

子音 母音	ㅍ (p)	中文 拼音	練習寫
ㅏ (a)	파 pa	怕	
ㅑ (ya)	퍄 pya	噴訝	
ㅓ (o*)	퍼 po*	破	
ㅕ (yo*)	퍼 pyo*	噴優	
ㅗ (o)	포 po	頗	
ㅛ (yo)	표 pyo	噴又	
ㅜ (u)	푸 pu	鋪	
ㅠ (yu)	퓨 pyu	噴U	
ㅡ (eu)	프 peu	噴餓	
ㅣ (i)	피 pi	匹	

單字	發音		中譯	練習寫
파리	羅 中	pa.ri 怕里	蒼蠅	
파티	羅 中	pa.ti 怕替	派對	
퍼머	羅 中	po*.mo* 破摸	燙髮	
펴다	羅 中	pyo*.da 噴優打	翻開	
포도	羅 中	po.do 頗斗	葡萄	
표	羅 中	pyo 噴又	票	
피부	羅 中	pi.bu 匹捕	皮膚	
피아노	羅 中	pi.a.no 匹阿呢喔	鋼琴	
피자	羅 中	pi.ja 匹炸	披薩	
모포	羅 中	mo.po 摸頗	毯子	

單子音 — ㅎ

ㅎ在母音前方或上方時，發「ㄏ (h)」的音。

從上到下依序念念看

♪ Track 037

子音 母音	ㅎ (h)	中文 拼音	練習寫
ㅏ (a)	하 ha	哈	
ㅑ (ya)	햐 hya	呵鴨	
ㅓ (o*)	허 ho*	齁	
ㅕ (yo*)	혀 hyo*	呵呦	
ㅗ (o)	호 ho	呼	
ㅛ (yo)	효 hyo	呵又	
ㅜ (u)	후 hu	戶	
ㅠ (yu)	휴 hyu	呵 U	
ㅡ (eu)	흐 heu	喝	
ㅣ (i)	히 hi	呵衣	

單字	發音		中譯	練習寫
하루	羅 中	ha.ru 哈魯	一天	
하마	羅 中	ha.ma 哈馬	河馬	
허리	羅 中	ho*.ri 齁里	腰	
혀	羅 中	hyo* 呵呦	舌頭	
호수	羅 中	ho.su 呼蘇	湖水	
효도	羅 中	hyo.do 呵又斗	孝道	
후보	羅 中	hu.bo 戶跛	後補	
후추	羅 中	hu.chu 戶促	胡椒	
휴가	羅 中	hyu.ga 呵 U 嘎	休假	
흐르다	羅 中	heu.reu.da 呵了打	流動、 流逝	

韓語字母 — 雙子音

14 個單子音都背下來了嗎？接著要學習的就是 5 個雙子音囉！雙子音顧名思義就是由兩個一樣的單子音組合而成的。多了一個子音，所以音會加倍、加重。這就是為什麼雙子音又稱為「硬音」囉！那現在就請大家參考下表來學習雙子音的發音囉！為了輔助讀者加速記憶，特別列出了「簡易羅馬拼音」與「注音拼音」，發音時可以參考一下喔！

子音	發音	發音技巧
ㄲ	羅 kk / g 注 ⟪	發音的部位和「ㄱ (g)」相同，但發音時要用喉嚨發重音。
ㄸ	羅 tt / d 注 ㄉ	發音的部位和「ㄷ (d)」相同，但發音時要用喉嚨發重音。
ㅃ	羅 pp / b 注 ㄅ	發音的部位和「ㅂ (b)」相同，但發音時要用喉嚨發重音。
ㅆ	羅 ss 注 ㄙ	發音的部位和「ㅅ (s)」相同，但發音時要用喉嚨發重音。
ㅉ	羅 jj 注 ㄗ	發音的部位和「ㅈ (j)」相同，但發音時要用喉嚨發重音。

認識雙子音的名稱

　　5 個雙子音都背下來了嗎？接著一起來看看雙子音的名稱吧！下表是各雙子音的名稱，稍微認識一下就可以囉！

　　請大家跟著 MP3 念念看、寫寫看吧！

跟著 MP3 念念看

♪ Track 039

子音	名稱	拼音參考	練習寫
ㄲ	쌍기역	ssang.gi.yo*k 商個衣又	
ㄸ	쌍디귿	ssang.di.geut 商低跟特	
ㅃ	쌍비읍	ssang.bi.eup 商逼兒不	
ㅆ	쌍시옷	ssang.si.ot 商西喔特	
ㅉ	쌍지읒	ssang.ji.eut 商漆兒特	

雙子音 — ㄲ

　　ㄲ在母音前方或上方時，發「ㄍ」的音。

　　發音時，要發重音。

從上到下依序念念看

♪ Track 040

子音 母音	ㄲ （g）	中文拼音	練習寫
ㅏ（a）	까 ga	尬	
ㅑ（ya）	꺄 gya	各訝	
ㅓ（o*）	꺼 go*	夠	
ㅕ（yo*）	껴 gyo*	個呦	
ㅗ（o）	꼬 go	購	
ㅛ（yo）	꾜 gyo	各又	
ㅜ（u）	꾸 gu	顧	
ㅠ（yu）	뀨 gyu	各U	
ㅡ（eu）	끄 geu	各	
ㅣ（i）	끼 gi	各衣	

單字	發音		中譯	練習寫
까치	羅 中	ga.chi 尬氣	喜鵲	
꺼지다	羅 中	go*.ji.da 夠機打	熄滅 / 消失	
꼬리	羅 中	go.ri 購里	尾巴	
꼬마	羅 中	go.ma 購馬	小鬼頭	
바꾸다	羅 中	pa.gu.da 趴估打	更換	
끄다	羅 中	geu.da 各打	熄滅 / 關掉	
끼다	羅 中	gi.da 各衣打	夾 / 戴	
코끼리	羅 中	ko.gi.ri 叩各衣里	大象	
아까	羅 中	a.ga 阿尬	剛才	
토끼	羅 中	to.gi 透各衣	兔子	

雙子音 — ㄸ

　　ㄸ在母音前方或上方時，發「ㄉ」的音。

　　發音時，要發重音。

從上到下依序念念看

子音 母音	ㄸ (d)	中文 拼音	練習寫
ㅏ (a)	따 da	大	
ㅑ (ya)	땨 dya	的訝	
ㅓ (o*)	떠 do*	都	
ㅕ (yo*)	뗘 dyo*	的呦	
ㅗ (o)	또 do	豆	
ㅛ (yo)	뚀 dyo	的又	
ㅜ (u)	뚜 du	渡	
ㅠ (yu)	뜌 dyu	的 U	
ㅡ (eu)	뜨 deu	的餓	
ㅣ (i)	띠 di	地	

單字	發音		中譯	練習寫
따라서	羅 中	da.ra.so* 大拉搜	因此 / 所以	
따르다	羅 中	da.reu.da 大了打	跟隨	
따로	羅 中	da.ro 大囉	另外	
떠나다	羅 中	do*.na.da 都那打	離開	
또	羅 中	do 豆	又 / 再	
또다시	羅 中	do.da.si 豆搭西	再一次	
뜨다	羅 中	deu.da 的餓打	浮起 / 升起	
띠	羅 中	di 地	生肖	
오뚜기	羅 中	o.du.gi 歐渡個衣	不倒翁	
사또	羅 中	sa.do 撒豆	使道	

ㅃ在母音前方或上方時，發「ㄅ」的音。

發音時，要發重音。

從上到下依序念念看

♪ Track 044

子音 母音	ㅃ (b)	中文 拼音	練習寫
ㅏ (a)	빠 ba	霸	
ㅑ (ya)	뺘 bya	霸鴨	
ㅓ (o*)	뻐 bo*	播	
ㅕ (yo*)	뼈 byo*	笨優	
ㅗ (o)	뽀 bo	ㄅ嘔	
ㅛ (yo)	뾰 byo	笨又	
ㅜ (u)	뿌 bu	不	
ㅠ (yu)	쀼 byu	撥U	
ㅡ (eu)	쁘 beu	ㄅ餓	
ㅣ (i)	삐 bi	閉	

單字	發音		中譯	練習寫
빠르다	羅 中	ba.reu.da 霸了打	快	
뻐꾸기	羅 中	bo*.gu.gi 播估個衣	布穀鳥	
뼈	羅 中	byo* 笨優	骨頭	
뽀뽀	羅 中	bo.bo 播播	親嘴	
뾰루지	羅 中	byo.ru.ji 笨又嚕幾	疹子	
뿌리	羅 中	bu.ri 不里	根	
뿌리다	羅 中	bu.ri.da 不里打	灑、噴、 散布	
삐치다	羅 中	bi.chi.da 閉七打	發脾氣	
오빠	羅 中	o.ba 歐爸	哥哥	
바쁘다	羅 中	ba.beu.da 趴ㄅ打	忙碌	

雙子音 — ㅆ

ㅆ在母音前方或上方時，發「ㄙ (ss)」的音。

發音時，要發重音。

從上到下依序念念看

子音 母音	ㅆ (ss)	中文 拼音	練習寫
ㅏ (a)	싸 ssa	薩	
ㅑ (ya)	쌰 ssya	斯訝	
ㅓ (o*)	써 sso*	嗽	
ㅕ (yo*)	쎠 ssyo*	秀	
ㅗ (o)	쏘 sso	嗽	
ㅛ (yo)	쑈 ssyo	斯又	
ㅜ (u)	쑤 ssu	素	
ㅠ (yu)	쓔 ssyu	咻	
ㅡ (eu)	쓰 sseu	似	
ㅣ (i)	씨 ssi	夕	

單字	發音		中譯	練習寫
싸구려	羅 中	ssa.gu.ryo* 薩估六	便宜貨	
싸우다	羅 中	ssa.u.da 薩屋打	吵架	
싸다	羅 中	ssa.da 薩打	便宜	
쏘가리	羅 中	sso.ga.ri 嗽嘎里	鱖魚	
쏘다	羅 中	sso.da 嗽打	射、螫	
쑤시다	羅 中	ssu.si.da 素西打	刺痛	
쓰나미	羅 中	sseu.na.mi 似那米	海嘯	
쓰다	羅 中	sseu.da 似打	味苦	
씨	羅 中	ssi 夕	種子	
아저씨	羅 中	a.jo*.ssi 阿走夕	大叔	

雙子音 — ㅉ

ㅉ在母音前方或上方時，發「ㅔ (jj)」的音。

發音時，要發重音。

從上到下依序念念看

♪ Track 048

子音 母音	ㅉ (jj)	中文 拼音	練習寫
ㅏ (a)	짜 jja	炸	
ㅑ (ya)	쨔 jjya	知訝	
ㅓ (o*)	쩌 jjo*	咒	
ㅕ (yo*)	쪄 jjyo*	救	
ㅗ (o)	쪼 jjo	皺	
ㅛ (yo)	쬬 jjyo	知又	
ㅜ (u)	쭈 jju	住	
ㅠ (yu)	쮸 jjyu	知U	
ㅡ (eu)	쯔 jjeu	字	
ㅣ (i)	찌 jji	記	

單字	發音		中譯	練習寫
짜다	羅	jja.da	鹹	
	中	炸打		
쪼그리다	羅	jjo.geu.ri.da	捲縮	
	中	咒哥里打		
찌다	羅	jji.da	蒸	
	中	記打		
짜리	羅	jja.ri	貨幣	
	中	炸里	面額	
가짜	羅	ga.jja	假貨	
	中	咖炸		
버찌	羅	bo*.jji	櫻桃	
	中	波幾		
쪼다	羅	jjo.da	鑿、	
	中	皺打	啄	

有沒有發現有些音念起來很類似呢？

請一邊聽 MP3 一邊糾正自己的發音吧！

發音技巧

♪ Track 050

平音→嘴巴張開，自然發出的音（不需送氣）。
氣音→發音時，需送氣，帶有點重音。
硬音→發音時，聲音加重。

請照著平音→氣音→硬音的順序念念看

平音	氣音	硬音
가 ka	카 k'a	까 ga
다 ta	타 t'a	따 da
바 pa	파 p'a	빠 ba
사 sa	X	싸 ssa
자 ja	차 cha	짜 jja

韓語字母 — 複合母音

複合母音又稱為「二重母音」。複合母音共有 11 個，參考如下表。

學習複合母音的發音時，可以發現其中有幾個音很類似。例如「ㅐ，ㅔ」和「ㅙ，ㅚ，ㅞ」，讀者們不需刻意區分其差異，因為現代的韓國人也無法對這幾個音做出明顯的區分，大家只需要把拼音技巧學會即可。為了輔助讀者加速記憶，特別列出了「簡易羅馬拼音」與「注音拼音」，發音時可以拿來參考喔！

跟著 MP3 一起念念看　　　　　　　♪ Track 051

母音	發音	發音技巧
ㅐ	羅　e* 注　ㅛ	嘴巴張開，舌尖頂住下齒，自然發出「e*」的音。
ㅒ	羅　ye* 注　ㄧㅛ	先發中文「ㄧ」的音，然後迅速接著發出「ㅐ」的音，發出類似中文「耶」的音。
ㅔ	羅　e 注　ㄟ	發ㅔ的音時，嘴巴張得比「ㅐ」小，舌頭的位置也比較高，注意別和「ㅐ」搞混。

ㅖ	羅 注	ye 一ㄝ	先發中文「一」的音，然後迅速接著發出「ㅔ」的音，「ㅖ」的音只在一部分單字中使用，其餘大部分的單字都可將ㅖ念成「ㅔ」。
ㅘ	羅 注	wa ㄨㄚ	先發「ㅗ」的音，然後迅速接著發出「ㅏ」的音，音類似中文的「哇」。
ㅙ	羅 注	we* ㄨㄝ	先發「ㅗ」的音，然後迅速接著發出「ㅐ」的音，即成為複合母音「ㅙ」。
ㅚ	羅 注	we ㄨㄟ	口型和舌頭位置都和「ㅔ」相同，但發ㅚ的音時，嘴唇一定要是圓形狀。
ㅞ	羅 注	we ㄨㄟ	先發「ㅜ」的音，然後迅速接著發出「ㅔ」的音，即成為複合母音「ㅞ」。
ㅝ	羅 注	wo ㄨㄛ	先發「ㅜ」的音，然後迅速接著發出「ㅏ」的音，即成為複合母音「ㅝ」。

ㅟ	羅 wi 注 ㄨㅣ	先發「ㅜ」的音，然後迅速接著發出「ㅣ」的音，即成為複合母音「ㅟ」。
ㅢ	羅 ui 注 ㄜㅣ	先發「ㅡ」的音，然後迅速接著發出「ㅣ」的音，即成為複合母音「ㅢ」。

認識複合母音的名稱

複合母音的韓文字就是在複合母音字母左側或上方，加上一個子音「ㅇ」就完成了。子音「ㅇ」在母音前時「不發音」，所以念法相同。

從上到下依序念念看

♪ Track 052

母音	名稱	羅馬拼音	練習寫
ㅐ	애	e*	
ㅒ	얘	ye*	
ㅔ	에	e	
ㅖ	예	ye	
ㅘ	와	wa	
ㅙ	왜	we*	
ㅚ	외	we	
ㅞ	웨	we	
ㅝ	워	wo	
ㅟ	위	wi	
ㅢ	의	ui	

複合母音 — ㅐ

ㅐ會出現在子音的右側，發「e*」的音。
ㅐ的嘴巴要張得比ㅔ大，舌頭位置較低。

從上到下依序念念看

♪Track 053

子音 ＼ 母音	ㅐ (e*)	中文拼音	練習寫
ㄱ (k)	개 ke*	給	
ㄴ (n)	내 ne*	內	
ㄷ (t)	대 te*	鐵	
ㄹ (r)	래 re*	類	
ㅁ (m)	매 me*	妹	
ㅂ (p)	배 pe*	配	
ㅅ (s)	새 se*	誰	
ㅇ (X)	애 e*	世	
ㅈ (j)	재 je*	賊	
ㅊ (ch)	채 che*	疵耶	

單字	發音		中譯	練習寫
개구리	羅 中	ge*.gu.ri 給估里	青蛙	
내리다	羅 中	ne*.ri.da 內里打	落下 / 降下	
아내	羅 中	a.ne* 阿內	妻子	
대구	羅 中	de*.gu 鐵古	大邱	
아래	羅 中	a.re* 阿類	下面	
매우	羅 中	me*.u 沒屋	很	
배구	羅 中	be*.gu 配估	排球	
새우	羅 中	se*.u 誰屋	蝦	
재료	羅 中	je*.ryo 賊六	材料	
어깨	羅 中	o*.ge* 喔給	肩膀	

複合母音 ─ ㅒ

ㅒ會出現在子音的右側，發「ye*」的音。

ㅒ的嘴巴要張得比ㅖ大。

從上到下依序念念看

♪ Track 055

母音 子音	ㅒ (ye*)	中文 拼音	練習寫
ㄱ (k)	걔 kye*	可耶	
ㄴ (n)	냬 nye*	呢耶	
ㄹ (r)	럐 rye*	了耶	
ㅇ (X)	얘 ye*	耶	
ㅈ (j)	쟤 jye*	吃耶	

跟著 MP3念看看、寫看看下列單字

♪ Track 056

單字	發音		中譯	練習寫
얘기	羅 中	ye*.gi 耶個衣	故事 / 談話	
걔	羅 中	gye* 可耶	那孩子	
쟤	羅 中	jye* 吃耶	那孩子	

複合母音 — ㅔ

ㅔ會出現在子音的右側，發「e」的音。

ㅔ的嘴巴張得比ㅐ小，舌頭位置較高。

從上到下依序念念看

♪ Track 057

子音　　母音	ㅔ (e)	中文 拼音	練習寫
ㄱ (k)	게 ke	K	
ㄴ (n)	네 ne	內	
ㄷ (t)	데 te	貼	
ㄹ (r)	레 re	類	
ㅁ (m)	메 me	妹	
ㅂ (p)	베 pe	胚	
ㅅ (s)	세 se	誰	
ㅇ (X)	에 e	A	
ㅈ (j)	제 je	賊	
ㅊ (ch)	체 che	疵A	

單字		發音	中譯	練習寫
게자리	羅 中	ge.ja.ri K 渣里	巨蟹座	
네거리	羅 中	ne.go*.ri 內溝里	十字路口	
데이트	羅 中	de.i.teu 鐵衣特	約會	
레이더	羅 中	re.i.do* 類衣投	雷達	
메모지	羅 中	me.mo.ji 妹摸幾	便條紙	
베개	羅 中	be.ge* 賠給	枕頭	
세배	羅 中	se.be* 誰北	拜年	
제사	羅 中	je.sa 賊沙	祭祀	
테니스	羅 中	te.ni.seu 貼你思	網球	
세계	羅 中	se.gye 誰給	世界	

複合母音 — ㅖ

ㅖ會出現在子音的右側，發「ye」的音。

除了례和예之外，其他的「ㅖ」也可以念成「ㅔ」。

例如　시계 (時鐘)　→　/ 시게 /

從上到下依序念念看

♪ Track 059

母音 子音	ㅖ (ye)	中文 拼音	練習寫
ㄱ (k)	계 kye	可耶	
ㄹ (r)	례 rye	了耶	
ㅇ (X)	예 ye	耶	
ㅎ (h)	혜 hye	黑	

跟著 MP3念看看、寫看看下列單字

♪ Track 060

單字	發音 。		中譯	練習寫
예수	羅	ye.su	耶穌	
	中	耶穌		
예고	羅	ye.go	預告	
	中	耶狗		
차례	羅	cha.rye	次序 /	
	中	擦累	順序	
혜고	羅	hye.go	惠顧	
	中	黑狗		

複合母音 — ㅘ

ㅘ會出現在子音的下面，發「wa」的音。

從上到下依序念念看

♪ Track 061

母音 子音	ㅘ (wa)	中文 拼音	練習寫
ㄱ (k)	과 kwa	誇	
ㄴ (n)	놔 nwa	呢挖	
ㅂ (p)	봐 pwa	噴挖	
ㅇ (X)	와 wa	挖	
ㅈ (j)	좌 jwa	吃蛙	
ㅊ (ch)	촤 chwa	疵挖	
ㅎ (h)	화 hwa	花	
ㅋ (k')	콰 k'wa	跨	

單字	發音		中譯	練習寫
과자	羅 中	gwa.ja 誇炸	點心 / 餅乾	
화가	羅 中	hwa.ga 花嘎	畫家	
사과	羅 中	sa.gwa 沙寡	蘋果	
외과	羅 中	we.gwa 威寡	外科	
와이프	羅 中	wa.i.peu 挖衣噴	妻子	
화재	羅 中	hwa.je* 花賊	火災	
과거	羅 中	gwa.go* 誇狗	過去	
소화기	羅 中	so.hwa.gi 搜花可衣	滅火器	
교과서	羅 中	gyo.gwa.so* 可又刮搜	教科書	
좌	羅 中	jwa 吃蛙	左	

複合母音 — ㅙ

ㅙ會出現在子音的下面，發「we*」的音。

從上到下依序念念看

♪ Track 063

子音 ＼ 母音	ㅙ (we*)	中文 拼音	練習寫
ㄱ (k)	괘 kwe*	虧	
ㄷ (t)	돼 twe*	腿	
ㅅ (s)	쇄 swe*	睡	
ㅇ (X)	왜 we*	喂	
ㅋ (k')	쾌 k'we*	饋	

跟著 MP3念看看、寫看看下列單字

♪ Track 064

單字	發音		中譯	練習寫
돼지	羅 中	dwe*.ji 腿幾	豬	
왜	羅 中	we* 喂	為什麼	
쾌	羅 中	gwe* 貴	特別	

ㅚ會出現在子音的下面，發「we」的音。

從上到下依序依念念看

♪ Track 065

母音 / 子音	ㅚ (we)	中文拼音	練習寫
ㄱ (k)	괴 kwe	虧	
ㄴ (n)	뇌 nwe	呢威	
ㄷ (t)	되 twe	推	
ㄹ (r)	뢰 rwe	了威	
ㅁ (m)	뫼 mwe	悶威	
ㅂ (p)	뵈 pwe	噴威	
ㅅ (s)	쇠 swe	雖	
ㅇ (X)	외 we	威	
ㅈ (j)	죄 jwe	醉	
ㅊ (ch)	최 chwe	翠	

單字	發音		中譯	練習寫
괴수	羅 中	gwe.su 虧蘇	怪獸	
뇌	羅 中	nwe 呢威	腦	
되다	羅 中	dwe.da 推打	成為 / 可以	
소고기	羅 中	swe.go.gi 雖溝個衣	牛肉	
외교	羅 中	we.gyo 威個又	外交	
야외	羅 中	ya.we 鴨威	郊外	
요괴	羅 中	yo.gwe 有鬼	妖怪	
최고	羅 中	chwe.go 崔狗	最棒、 最高	
회사	羅 中	hwe.sa 灰沙	公司	
퇴교	羅 中	twe.gyo 推個呦	退學	

複合母音 — ㅞ

ㅞ會出現在子音的下面，發「we」的音。

ㅚ和ㅞ的嘴型比ㅙ小一些，但ㅚ和ㅞ幾乎是一樣的發音。

從上到下依序念念看

♪ Track 067

母音 子音	ㅞ (we)	中文 拼音	練習寫
ㄱ (k)	궤 kwe	虧	
ㅇ (X)	웨 we	威	
ㅎ (h)	훼 hwe	灰	

跟著 MP3念看看、寫看看下列單字

♪ Track 068

單字	發音	中譯	練習寫
궤도	羅 gwe.do 中 虧斗	軌道	
웨이터	羅 we.i.to* 中 威依投	服務生	
훼손	羅 hwe.son 中 灰悚	毀損	
궤다	羅 gwe.da 中 貴打	串 / 穿	

複合母音 — ᅯ

ᅯ會出現在子音的下面，發「wo」的音。

從上到下依序念念看

♪ Track 069

母音 / 子音	ᅯ (wo)	中文拼音	練習寫
ᄀ (k)	궈 kwo	郭	
ᄂ (n)	눠 nwo	諾	
ᄆ (m)	뭐 mwo	模	
ᄋ (X)	워 wo	窩	
ᄒ (h)	휘 hwo	火	

跟著 MP3念看看、寫看看下列句子

♪ Track 070

單字	發音	中譯	練習寫
쉬워요	羅 swi.wo.yo / 中 需窩呦	簡單	
추워요	羅 chu.wo.yo / 中 粗我呦	冷	
더워요	羅 do*.wo.yo / 中 投我呦	熱	

複合母音 — ㅟ

ㅟ會出現在子音的下面，發「wi」的音。

從上到下依序念念看　　　　　　　　♪ Track 071

子音 ＼ 母音	ㅟ (wi)	中文拼音	練習寫
ㄱ (k)	귀 kwi	哭衣	
ㄴ (n)	뉘 nwi	怒衣	
ㄷ (t)	뒤 twi	吐衣	
ㅂ (p)	뷔 pwi	鋪衣	
ㅅ (s)	쉬 swi	噓	
ㅇ (X)	위 wi	屋衣	
ㅈ (j)	쥐 jwi	取衣	
ㅊ (ch)	취 chwi	去衣	
ㅋ (k')	퀴 k'wi	褲衣	
ㄲ (g)	뀌 gwi	顧衣	

單字	發音		中譯	練習寫
뒤	羅 中	dwi 吐衣	後面	
뷔페	羅 中	bwi.pe 鋪衣配	自助餐	
쉬다	羅 中	swi.da 噓打	休息	
위스키	羅 中	wi.seu.ki 屋衣斯氣	威士忌	
쥐	羅 中	jwi 取衣	老鼠	
취미	羅 中	chwi.mi 去衣米	興趣	
퀴즈	羅 中	kwi.jeu 褲衣資	謎語	
튀기다	羅 中	twi.gi.da 兔衣個衣打	炸	
뀌다	羅 中	gwi.da 顧衣打	放（屁）	
사귀다	羅 中	sa.gwi.da 沙哭衣打	交往 / 結交	

複合母音 — ㅢ

1. 의出現在單字的第一個字時念「ㅢ」
   의사　醫生　/ 의사 /
   의자　椅子　/ 의자 /

2. 의不是出現在單字的第一個字時，念「ㅣ」。
   예의　禮儀　/ 예이 /
   수의　獸醫　/ 수이 /

3. ㅢ與不是ㅇ的其他子音結合時，「ㅢ」要念成「ㅣ」。
   희극　喜劇　/ 히극 /
   경희　慶熙　/ 경히 /
   문의　詢問　/ 무니 /

跟著 MP3念看看、寫看看下列單字　♪ Track 073

單字	發音		中譯	練習寫
의료	羅 念	ui.ryo 의료	醫療	
의지	羅 念	ui.ji 의지	意志	
무늬	羅 念	mu.ni 무니	紋路	
저희	羅 念	jo*.hi 저히	我們	
회의	羅 念	hwe.ui 회이	會議	
의의	羅 念	ui.ui 의이	意思 / 意義	

* 羅→簡易羅馬拼音

* 念→實際念法

韓語文字結構

　　韓國文字是由子音和母音組合而成，一個韓文字可能會有 2 ～ 4 個音節，但每個韓文字只會出現一個母音，其他都是子音。韓文字的書寫方式為由左到右、由上到下。

　　舉例如下：

一、子音＋母音（橫式）

　　由一個子音和一個母音所組成。子音在左側，母音在右側。

　　子音ㄱ + 母音ㅏ→가

　　子音ㅁ + 母音ㅓ→머

　　子音ㅇ + 母音ㅑ→야

　　子音ㄴ + 母音ㅕ→녀

二、子音＋母音（直式）

　　由一個子音和一個母音所組成。子音在上面，母音在下面。

　　子音ㄹ + 母音ㅗ→로

　　子音ㄷ + 母音ㅛ→됴

　　子音ㅈ + 母音ㅜ→주

　　子音ㅅ + 母音ㅠ→슈

三、子音＋母音＋子音（橫式）

　　由兩個子音和一個母音所組成。一個子音在左，母音在右，一個子音在下。

　　子音ㄴ + 母音ㅓ + 子音ㄹ→널

子音ㄱ＋母音ㅏ＋子音ㅇ→강

子音ㅇ＋母音ㅕ＋子音ㄴ→연

子音ㅅ＋母音ㅣ＋子音ㄱ→식

由兩個子音和一個母音所組成。一個子音在上，母音在中，一個子音在下。

子音ㄷ＋母音ㅗ＋子音ㄴ→돈

子音ㅈ＋母音ㅜ＋子音ㄱ→죽

子音ㄹ＋母音ㅗ＋子音ㄹ→롤

子音ㄱ＋母音ㅗ＋子音ㅁ→곰

由三個子音和一個母音所組成。一個子音在左，母音在右，兩個子音在下。

下方的兩個子音，合稱為「複合子音」。

子音ㄱ＋母音ㅏ＋子音ㅂ＋子音ㅅ→값

子音ㅂ＋母音ㅏ＋子音ㄹ＋子音ㅂ→밟

子音ㅇ＋母音ㅣ＋子音ㄹ＋子音ㄱ→읽

子音ㅈ＋母音ㅓ＋子音ㄹ＋子音ㅁ→젊

由三個子音和一個母音所組成。一個子音在上，母音在中，兩個子音在下。

下方的兩個子音，合稱為「複合子音」。

子音ㄴ＋母音ㅡ＋子音ㄹ＋子音ㄱ→늙

子音ㅂ＋母音ㅗ＋子音ㄱ＋子音ㄱ→볶

子音ㅇ＋母音ㅡ＋子音ㄹ＋子音ㅍ→읊

子音ㅎ + 母音ㅡ + 子音ㄹ + 子音ㄱ→흙

七、子音＋複合母音（橫式）

由一個子音和一個複合母音所組成。子音在左側，複合母音在右側。

子音ㄱ + 複合母音ㅐ→개

子音ㅂ + 複合母音ㅔ→베

子音ㅇ + 複合母音ㅖ→예

子音ㄴ + 複合母音ㅐ→내

八、子音＋複合母音（直式）

由一個子音和一個複合母音所組成。子音在上方，複合母音在下方。

子音ㅇ + 複合母音ㅙ→왜

子音ㄱ + 複合母音ㅟ→귀

子音ㄴ + 複合母音ㅢ→늬

子音ㄷ + 複合母音ㅚ→되

九、子音＋複合母音＋子音（橫式）

由兩個子音和一個複合母音所組成。一個子音在左，複合母音在右，一個子音在下。

子音ㅇ + 複合母音ㅐ + 子音ㅇ→앵

子音ㄱ + 複合母音ㅐ + 子音ㄴ→갠

子音ㅈ + 複合母音ㅔ + 子音ㄱ→젝

子音ㅂ + 複合母音ㅐ + 子音ㅁ→뱀

由兩個子音和一個複合母音所組成。一個子音在上，複合母音在中，一個子音在下。

子音ㄱ＋複合母音ㅝ＋子音ㄱ→궉

子音ㅎ＋複合母音ㅢ＋子音ㄴ→흰

子音ㅇ＋複合母音ㅝ＋子音ㄹ→월

子音ㅇ＋複合母音ㅘ＋子音ㅇ→왕

尾音 — 單字音當作尾音

　　14 個單子音中有 7 種可以當作尾音。尾音又稱為「收音」或「終聲」，指韓文字中最尾巴的音。七種尾音發音法分別是 ㄱ (急促音)、ㄴ (鼻音)、ㄷ (斷音)、ㄹ (捲舌音)、ㅁ (嘴閉音)、ㅂ (嘴閉促音)、ㅇ (鼻喉音) 等。

先跟著 MP3念念看吧！　　　　♪ Track 074

尾音 ＼ 韓字	가 ka	나 na	다 ta	라 ra	아 a
ㄱ 急促音	각 kak	낙 nak	닥 tak	락 rak	악 ak
ㄴ 鼻音	간 kan	난 nan	단 tan	란 ran	안 an
ㄷ 斷音	갇 kat	낟 nat	닫 tat	랃 rat	앋 at
ㄹ 捲舌	갈 kal	날 nal	달 tal	랄 ral	알 al
ㅁ 嘴閉	감 kam	남 nam	담 tam	람 ram	암 am
ㅂ 嘴閉促音	갑 kap	납 nap	답 tap	랍 rap	압 ap
ㅇ 鼻喉音	강 kang	낭 nang	당 tang	랑 rang	앙 ang

尾音 — ㄱ (急促音)

發音時，口型和舌頭位置不變，把音變成急促音即可。

子音 \ 母音	ㅏ 無尾音	ㅏ 有尾音	練習寫
ㄱ k	가 ka	각 kak	
ㄴ n	나 na	낙 nak	
ㄷ t	다 ta	닥 tak	
ㄹ r	라 ra	락 rak	
ㅁ m	마 ma	막 mak	
ㅂ p	바 pa	박 pak	
ㅅ s	사 sa	삭 sak	
ㅇ X	아 a	악 ak	

跟著 MP3念看看、寫看看下列單字 ♪ Track 076

韓文字以ㄱ, ㅋ, ㄲ當作尾音時，發急促音（k）。

單字	發音		中譯	練習寫
국가	羅	guk.ga	國家	
	念	/ 국까 /		
도둑	羅	do.duk	小偷	
	念	/ 도둑 /		
밖	羅	bak	外面	
	念	/ 박 /		
지역	羅	ji.yo*k	地區	
	念	/ 지역 /		
부엌	羅	bu.o*k	廚房	
	念	/ 부억 /		
부탁	羅	bu.tak	請託	
	念	/ 부탁 /		
가격	羅	ga.gyo*k	價格	
	念	/ 가격 /		
미국	羅	mi.guk	美國	
	念	/ 미국 /		
아직	羅	a.jik	仍、還	
	念	/ 아직 /		
떡	羅	do*k	糕	
	念	/ 떡 /		

* 羅→簡易羅馬拼音

* 念→實際念法

尾音 — ㄴ（鼻音）

發音時，舌頭觸碰到上顎，發出鼻音。

從左到右依序念念看　　　　　　　♪ Track 077

母音 子音	ㅏ 無尾音	ㅏ 有尾音	練習寫
ㄱ k	가 ka	간 kan	
ㄴ n	나 na	난 nan	
ㄷ t	다 ta	단 tan	
ㄹ r	라 ra	란 ran	
ㅁ m	마 ma	만 man	
ㅂ p	바 pa	반 pan	
ㅅ s	사 sa	산 san	
ㅇ X	아 a	안 an	

韓文字以ㄴ當作尾音時，發鼻音 (n)。

單字	發音		中譯	練習寫
친구	羅	chin.gu	朋友	
	念	/ 친구 /		
언제	羅	o*n.je	什麼	
	念	/ 언제 /	時候	
우산	羅	u.san	雨傘	
	念	/ 우산 /		
편지	羅	pyo*n.ji	信	
	念	/ 편지 /		
시간	羅	si.gan	時間	
	念	/ 시간 /		
예전	羅	ye.jo*n	以前	
	念	/ 예전 /		
안전	羅	an.jo*n	安全	
	念	/ 안전 /		
손가락	羅	son.ga.rak	手指	
	念	/ 손가락 /		
수건	羅	su.go*n	毛巾	
	念	/ 수건 /		
인간	羅	in.gan	人類	
	念	/ 인간 /		

* 羅→簡易羅馬拼音

* 念→實際念法

尾音 — ㄷ（斷音）

發音時，舌頭觸碰到上排牙齒再放開，發出斷音。

母音 子音	ㅏ 無尾音	ㅏ 有尾音	練習寫
ㄱ k	가 ka	갇 kat	
ㄴ n	나 na	낟 nat	
ㄷ t	다 ta	닫 tat	
ㄹ r	라 ra	랃 rat	
ㅁ m	마 ma	맏 mat	
ㅂ p	바 pa	받 pat	
ㅅ s	사 sa	삳 sat	
ㅇ X	아 a	앋 at	

韓文字以 ㄷ , ㅅ , ㅈ , ㅊ , ㅌ , ㅎ , ㅆ 當作尾音時，發斷音 (t)。

單字	發音		中譯	練習寫
곧	羅	got	馬上	
	念	/ 곧 /		
듣기	羅	deut.gi	聽力	
	念	/ 듣끼 /		
있다	羅	it.da	有 / 在	
	念	/ 잍따 /		
젓가락	羅	jo*t.ga.rak	筷子	
	念	/ 젇까락 /		
다섯	羅	da.so*t	五	
	念	/ 다섣 /		
꽃병	羅	got.byo*ng	花瓶	
	念	/ 꼳뼝 /		
씨앗	羅	ssi.at	種子	
	念	/ 씨앝 /		
밑바닥	羅	mit.ba.dak	底部	
	念	/ 믿빠닥 /		
찾다	羅	chat.da	找	
	念	/ 찯따 /		
같다	羅	gat.da	一樣	
	念	/ 갇따 /		

* 羅→簡易羅馬拼音

* 念→實際念法

尾音 — ㄹ (捲舌音)

發音時，舌頭微微捲起。

從左到右依序念念看

♪ Track 081

母音 子音	ㅏ 無尾音	ㅏ 有尾音	練習寫
ㄱ k	가 ka	갈 kal	
ㄴ n	나 na	날 nal	
ㄷ t	다 ta	달 tal	
ㄹ r	라 ra	랄 ral	
ㅁ m	마 ma	말 mal	
ㅂ p	바 pa	발 pal	
ㅅ s	사 sa	살 sal	
ㅇ X	아 a	알 al	

韓文字以ㄹ當作尾音時，發捲舌音 (l)。

單字	發音		中譯	練習寫
겨울	羅 念	gyo*.ul / 겨울 /	冬天	
달리 다	羅 念	dal.li.da / 달리다 /	奔跑	
딸	羅 念	dal / 딸 /	女兒	
빨리	羅 念	bal.li / 빨리 /	趕快	
불	羅 念	bul / 불 /	火	
가을	羅 念	ga.eul / 가을 /	秋天	
비밀	羅 念	bi.mil / 비밀 /	秘密	
설날	羅 念	so*l.lal / 설랄 /	春節	
멀리	羅 念	mo*l.li / 멀리 /	遠遠地	
얼굴	羅 念	o*l.gul / 얼굴 /	臉	

* 羅→簡易羅馬拼音

* 念→實際念法

尾音 — ㅁ （嘴閉音）

發音時，嘴巴自然閉起來。

從左到右依序念念看

♪ Track 083

母音 子音	ㅏ 無尾音	ㅏ 有尾音	練習寫
ㄱ k	가 ka	감 kam	
ㄴ n	나 na	남 nam	
ㄷ t	다 ta	담 tam	
ㄹ r	라 ra	람 ram	
ㅁ m	마 ma	맘 mam	
ㅂ p	바 pa	밤 pam	
ㅅ s	사 sa	삼 sam	
ㅇ X	아 a	암 am	

跟著 MP3念看看、寫看看下列單字 ♪ Track 084

韓文字以ㅁ當作尾音時，發嘴巴閉起來的音（ m ）。

單字	發音		中譯	練習寫
김치	羅 念	gim.chi / 김치 /	泡菜	
사람	羅 念	sa.ram / 사람 /	人	
감자	羅 念	gam.ja / 감자 /	馬鈴薯	
남자	羅 念	nam.ja / 남자 /	男生	
손님	羅 念	son.nim / 손님 /	客人	
여름	羅 念	yo*.reum / 여름 /	夏天	
감기	羅 念	gam.gi / 감기 /	感冒	
꿈	羅 念	gum / 꿈 /	夢	
작품	羅 念	jak.pum / 작품 /	作品	
땀	羅 念	dam / 땀 /	汗水	

* 羅→簡易羅馬拼音

* 念→實際念法

尾音 — ㅂ (嘴閉促音)

發音時,嘴巴快速閉起來,發出急促音。

從左到右依序念念看

♪ Track 085

母音 子音	ㅏ 無尾音	ㅏ 有尾音	練習寫
ㄱ k	가 ka	갑 kap	
ㄴ n	나 na	납 nap	
ㄷ t	다 ta	답 tap	
ㄹ r	라 ra	랍 rap	
ㅁ m	마 ma	맙 map	
ㅂ p	바 pa	밥 pap	
ㅅ s	사 sa	삽 sap	
ㅇ X	아 a	압 ap	

跟著 MP3念看看、寫看看下列單字 ♪ Track 086

韓文字以 ㅂ, ㅍ 當作尾音時，發嘴巴閉起來的促音 (p)。

單字	發音		中譯	練習寫
밥	羅	bap	飯	
	念	/ 밥 /		
수업	羅	su.o*p	課程	
	念	/ 수업 /		
월급	羅	wol.geup	月薪	
	念	/ 월급 /		
삼십	羅	sam.sip	三十	
	念	/ 삼십 /		
지갑	羅	ji.gap	錢包	
	念	/ 지갑 /		
잎	羅	ip	葉子	
	念	/ 입 /		
컵	羅	ko*p	杯子	
	念	/ 컵 /		
춥다	羅	chup.da	冷	
	念	/ 춥따 /		
직업	羅	ji.go*p	職業	
	念	/ 지겁 /		
높다	羅	nop.da	高	
	念	/ 놉따 /		

* 羅→簡易羅馬拼音

* 念→實際念法

尾音 — ㅇ（鼻喉音）

發音時，嘴巴微張，發出鼻音。

從左到右依序念念看

♪ Track 087

母音 子音	ㅏ 無尾音	ㅏ 有尾音	練習寫
ㄱ k	가 ka	강 kang	
ㄴ n	나 na	낭 nang	
ㄷ t	다 ta	당 tang	
ㄹ r	라 ra	랑 rang	
ㅁ m	마 ma	망 mang	
ㅂ p	바 pa	방 pang	
ㅅ s	사 sa	상 sang	
ㅇ X	아 a	앙 ang	

跟著 MP3念看看、寫看看下列單字　♪ Track 088

韓文字以 ㅇ 當作尾音時，發鼻喉音 (ng)。

單字	發音		中譯	練習寫
가장	羅 念	ga.jang / 가장 /	最	
양파	羅 念	yang.pa / 양파 /	洋蔥	
사장	羅 念	sa.jang / 사장 /	社長	
공원	羅 念	gong.won / 공원 /	公園	
형	羅 念	hyo*ng / 형 /	哥哥	
양식	羅 念	yang.sik / 양식 /	西餐	
장사	羅 念	jang.sa / 장사 /	生意	
창문	羅 念	chang.mun / 창문 /	窗戶	
실망	羅 念	sil.mang / 실망 /	失望	
상자	羅 念	sang.ja / 상자 /	箱子	

* 羅→簡易羅馬拼音

* 念→實際念法

尾音 ─ 複合子音當作尾音

「複合子音」是指由兩種不同的單字音組合成一個複合子音。目前被拿來當作尾音的複合子音有 ㄳ、ㄺ、ㄽ、ㄶ、ㄼ、ㄾ、ㄿ、ㅄ、ㄻ 等，共 11 個。但實際發音時，只會發其中一個子音的音，另一個音則不會被發出來。那要發左邊右邊哪一個音呢？這就需要把規則記下來囉！

複合子音的發音規則

♪ Track 089

〈1〉	以 ㄳ、ㄺ 當作尾音時，與「ㄱ (k)」的尾音發音法相同。
例如	몫　　份　　/ 목 /　　mok 맑다　晴朗　/ 막따 /　mak.da 닭　　雞　　/ 닥 /　　dak 읽다　閱讀　/ 익따 /　ik.da
〈2〉	以 ㄵ、ㄶ 當作尾音時，與「ㄴ (n)」的尾音發音法相同。
例如	끊다　中斷　/ 끈타 /　geun.ta 앉다　坐　　/ 안다 /　an.da 많다　多　　/ 만타 /　man.ta
〈3〉	以 ㄼ、ㄽ、ㄾ、ㅀ 當作尾音時，與「ㄹ (l)」的尾音發音法相同。

例如	핥다	舔	/ 할따 /	hal.da
	여덟	八	/ 여덜 /	yo*.do*l
	잃다	丟失	/ 일타 /	il.ta
	넓다	寬廣	/ 널따 /	no*l.da
	외곬	單方面	/ 외골 /	we.gol
	짧다	短	/ 짤따 /	jjal.da

〈4〉	以ㄿ當作尾音時，與「ㅁ (m)」的尾音發音法相同。

例如	옮다	搬	/ 옴다 /	om.da
	삶다	煮	/ 삼다 /	sam.da
	젊다	年輕	/ 점다 /	jo*m.da
	닮다	像	/ 담다 /	dam.da
	굶다	飢餓	/ 굼다 /	gum.da

〈5〉	以ㅄ，ㄿ當作尾音時，與「ㅂ (p)」的尾音發音法相同。

例如	값	價錢	/ 갑 /	gap
	없다	沒有	/ 업따 /	o*p.da
	읊다	吟詠	/ 읍따 /	eup.da

韓語音變現象

　　每一個韓文字都有自己固定的發音，但在實際念一整段或一整句的韓語句子時，往往會受到前後韓文字的子音（尾音）影響而轉成另一個音。音變的情況有很多種，這裡整理出了幾種最常見、初學者必學的音變規則。參考如下表

鼻音化現象

♪ Track 090

〈 1 〉	ㄱ + ㄴ → ㅇ + ㄴ		
例如	먹는 밥	吃得飯	/ 멍는 밥 /
	읽는 책	讀得書	/ 잉는 책 /
	숙녀	淑女	/ 숭녀 /
〈 2 〉	ㄱ + ㅁ → ㅇ + ㅁ		
例如	박물관	博物館	/ 방물관 /
	국민	國民	/ 궁민 /
	부엌문	廚房門	/ 부엉문 /
〈 3 〉	ㄷ + ㄴ → ㄴ + ㄴ		
例如	닫는 문	關得門	/ 단는 문 /
	붙는 우표	貼得油票	/ 분는 우표 /
	있는	有的	/ 인는 /
〈 4 〉	ㄷ + ㅁ → ㄴ + ㅁ		
例如	맏며느리	大媳婦	/ 만며느리 /
	잇몸	牙齦	/ 인몸 /
	홀몸	單身	/ 혼몸 /
〈 5 〉	ㅂ + ㄴ → ㅁ + ㄴ		

例如	갑니다	去	/ 감니다 /
	앞날	未來	/ 암날 /
	없는	沒有的	/ 엄는 /
〈6〉	ㅂ + ㅁ→ㅁ + ㅁ		
例如	앞문	前門	/ 암문 /
	밥 먹다	吃飯	/ 밤먹따 /
	십만	十萬	/ 심만 /
〈7〉	ㅁ + ㄹ→ㅁ + ㄴ		
例如	침략	侵略	/ 침냑 /
	음력	陰曆	/ 음녁 /
	음료수	飲料	/ 음뇨수 /
〈8〉	ㅇ + ㄹ→ㅇ + ㄴ		
例如	대통령	總統	/ 대통녕 /
	정리	整理	/ 정니 /
	종로	鍾路	/ 종노 /
〈9〉	ㄱ + ㄹ→ㅇ + ㄴ		
例如	국력	國立	/ 궁녁 /
	독립	獨立	/ 동닙 /
	백로	白鷺	/ 뱅노 /

舌音化現象

♪ Track 091

〈1〉	ㄴ + ㄹ→ㄹ + ㄹ	
	연락	聯絡	/ 열락 /
例如	논리	邏輯	/ 놀리 /
	권력	權力	/ 궐력 /
〈2〉	ㄹ + ㄴ→ㄹ + ㄹ	ㄴ + ㄹ→ㄹ + ㄹ

例如	칼날	刀刃	/ 칼랄 /
	설날	元旦	/ 설랄 /
	전라도	全羅道	/ 절라도 /

顎音化現象

♪ Track 092

〈1〉	ㄷ + 이→지		
例如	굳이	堅決	/ 구지 /
	맏이	長子 / 長女	/ 마지 /
	미닫이	推拉門	/ 미다지 /
〈2〉	ㅌ + 이→치		
例如	겉이	外表	/ 거치 /
	같이	一起	/ 가치 /
	붙이다	貼黏	/ 부치다 /
〈3〉	ㄷ + 히→치		
例如	닫히다	被關	/ 다치다 /
	묻히다	埋沒	/ 무치다 /
	갇히다	被關入	/ 가치다 /

氣音化現象

♪ Track 093

〈1〉	ㄱ + ㅎ→ㅋ	ㅎ + ㄱ→ㅋ	
例如	축하	祝賀	/ 추카 /
	이렇게	這樣地	/ 이러케 /
	막히다	堵塞	/ 마키다 /
〈2〉	ㄷ + ㅎ→ㅌ	ㅎ + ㄷ→ㅌ	
例如	따뜻하다	溫暖	/ 따뜨타다 /
	못해요	不會	/ 모태요 /
	많다	多	/ 만타 /
〈3〉	ㅂ + ㅎ→ㅍ		

例如	입학	入學	/ 이팍 /
	십호	十號	/ 시포 /
	밥하고	飯和	/ 바파고 /
〈4〉	ㅈ+ㅎ→ㅊ　ㅎ+ㅈ→ㅊ		
例如	앉히다	讓坐下	/ 안치다 /
	좋지요	好啊	/ 조치요 /
	많지만	雖多	/ 만치만 /

略音化現象

♪ Track 094

〈1〉	ㅎ+ㅇ→ㅎ不發音		
例如	좋아요	好	/ 조아요 /
	싫어도	即使討厭	/ 시러도 /
	놓아요	放下	/ 노아요 /

硬音化現象

♪ Track 095

〈1〉	ㅎ+ㅅ→ㅆ		
例如	좋습니다	好	/ 조씀니다 /
	싫소	討厭	/ 실쏘 /
	좋소	好	/ 조쏘 /
〈2〉	ㄱ+ㄱ,ㄷ,ㅂ,ㅅ,ㅈ →ㄱ+ㄲ,ㄸ,ㅃ,ㅆ,ㅉ		
例如	작가	作家	/ 작까 /
	먹다	吃	/ 먹따 /
	국밥	湯飯	/ 국빱 /
〈3〉	ㄷ+ㄱ,ㄷ,ㅂ,ㅅ,ㅈ →ㄷ+ㄲ,ㄸ,ㅃ,ㅆ,ㅉ		

例如	몇 번	幾次	/ 멷 뻔 /
	듣다	聽	/ 듣따 /
	받지만	雖收	/ 받찌만 /
〈4〉	ㅂ + ㄱ, ㄷ, ㅂ, ㅅ, ㅈ → ㅂ + ㄲ, ㄸ, ㅃ, ㅆ, ㅉ		
例如	밥값	飯錢	/ 밥깝 /
	잡지	雜誌	/ 잡찌 /
	압박	壓迫	/ 압빡 /

韓語連音規則

當尾音後方遇到母音（即遇到子音ㅇ）時，該尾音會移到下一個字的ㅇ音節上，與後方韓文文字的母音合併為一個音。

韓→韓文句子　　　　　　　　　♪ Track 096
念→韓語實際念法
羅→簡易羅馬拼音
中→中文翻譯

韓　이것이 책입니다 .
念　이거시 채김니다
羅　i.go*.si/che*.gim.ni.da
中　這是書。

韓　그것은 책이 아닙니다 .
念　그거슨 채기 아님니다
羅　geu.go*.seun/che*.gi/a.nim.ni.da
中　那不是書。

韓　무엇을 먹어요 ?
念　무어슬 머거요
羅　mu.o*.seul/mo*.go*.yo
中　吃什麼？

韓　노래를 들어요 .
念　노래를 드러요

羅　no.re*.reul/deu.ro*.yo
中　聽歌。

韓　떡볶이를 먹어요 .
念　떡뽀끼를 머거요
羅　do*k.bo.gi.reul/mo*.go*.yo
中　吃辣炒年糕。

韓　여기에 앉으세요 .
念　여기에 안즈세요
羅　yo*.gi.e/an.jeu.se.yo
中　請坐這裡。

韓　저것은 펜이에요 .
念　저거슨 페니에요
羅　jo*.go*.seun/pe.ni.e.yo
中　那是筆。

韓　오늘이 며칠이에요 ?
念　오느리 며치리에요
羅　o.neu.ri/myo*.chi.ri.e.yo
中　今天幾月幾號？

韓　클래식 음악을 좋아하세요 ?
念　클래식 으마글 조아하세요
羅　keul.le*.sik/eu.ma.geul/jjo.a.ha.se.yo
中　您喜歡古典音樂嗎？

韓	단어를 아직 안 배웠어요 .
念	다너를 아직 안 배워써요
羅	da.no*.reul/a.jik/an/be*.wo.sso*.yo
中	我還沒背單字。

韓	저녁에 같이 밥 먹읍시다 .
念	저녀게 가치 밥 머급씨다
羅	jo*.nyo*.ge/ga.chi/bap/mo*.geup.ssi.da
中	晚上一起吃飯吧。

韓	저는 대만 사람입니다 .
念	저는 대만 사라밈니다
羅	jo*.neun/de*.man/sa.ra.mim.ni.da
中	我是台灣人。

韓	서울에서 친구가 왔어요 .
念	서우레서 친구가 와써요
羅	so*.u.re.so*/chin.gu.ga/wa.sso*.yo
中	朋友從首爾來了。

韓	오늘 일이 많아요 .
念	오늘 이리 마나요
羅	o.neul/i.ri/ma.na.yo
中	今天事情很多。

韓	비가 와요 . 우산이 없어요 .
念	비가 와요 . 우사니 업써요
羅	bi.ga/wa.yo/u.sa.ni/o*p.sso*.yo

中　下雨了，沒有雨傘。

韓　어느 곳에서 살고 싶어요?
念　어느 고세서 살고 시퍼요
羅　o*.neu/go.se.so*/sal.go/si.po*.yo
中　你想住在哪個地方？

韓　호떡이 맛있어요.
念　호떠기 마시써요
羅　ho.do*.gi/ma.si.sso*.yo
中　糖餡餅好吃。

韓　백화점에서 옷을 사요.
念　배콰저메서 오슬 사요
羅　be*.kwa.jo*.me.so*/o.seul/ssa.yo
中　在百貨公司買衣服。

韓　이 음식에 간장을 넣으면 안 돼요.
念　이 음시게 간장을 너으면 안 돼요
羅　i/eum.si.ge/gan.jang.eul/no*.eu.myo*n/an/
　　dwe*.yo
中　這道菜不可以加醬油。

韓　돈을 찾으러 은행에 가요.
念　도늘 차즈러 은행에 가요
羅　do.neul/cha.jeu.ro*/eun.he*ng.e/ga.yo
中　去銀行領錢。

韓　집은 지하철 역에서 가까워요 .

念　지븐 지하철 여게서 가까워요

羅　ji.beun/ji.ha.cho*l/yo*.ge.so*/ga.ga.wo.yo

中　**家裡離地鐵站很近。**

韓　요금은 모두 똑같아요 .

念　요그믄 모두 똑까타요

羅　yo.geu.meun/mo.du/dok.ga.ta.yo

中　**費用都一樣。**

韓　비행기 표를 예약하고 싶은데요 .

念　비행기 표를 예야카고 시픈데요

羅　bi.he*ng.gi/pyo.reul/ye.ya.ka.go/si.peun.
　　de.yo

中　**我想訂飛機票。**

韓　사진을 찍어 주세요 .

念　사지늘 찌거 주세요

羅　sa.ji.neul/jji.go*/ju.se.yo

中　**請幫我拍照。**

韓　다리를 다쳤어요 . 걸을 수 없어요 .

念　다리를 다처써요 . 거를 수 업써요

羅　da.ri.reul/da.cho*.sso*.yo//go*.reul/ssu/o*p.
　　sso*.yo

中　**腿受傷了，無法走路。**

背包客的菜韓文自由行 **왕**초보

여행 한국어 회화

在

공항에서
Chapter 2

機場

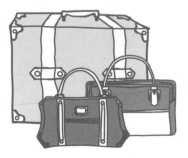

기내에서
gi.ne*.e.so*

在飛機裡

情境對話一 ♪ Track 101

A

韓 지금 화장실에 가도 됩니까 ?

中 漆跟 花髒西類 卡豆 腿你嘎

羅 ji.geum/hwa.jang.si.re/ga.do/dwem.ni.ga

譯 請問我現在可以去化妝室嗎 ?

B

韓 죄송하지만 비행기가 지금 막 이륙하려고
하니 15 분 후에 가세요 .

中 崔松哈幾慢 匹黑恩可衣嘎 漆跟恩 罵 衣溜卡
溜勾 哈你 吸撥部恩 呼 A 卡誰呦

羅 jwe.song.ha.ji.man/bi.he*ng.gi.ga/ji.geum/
mak/i.ryu.ka.ryo*.go/ha.ni/si.bo.bun/hu.e/
ga.se.yo

譯 對不起 , 現在飛機正要起飛 , 請您 15 分鐘
後再去 。

情境對話二 ♪ Track 102

A

韓 혹시 신문이 있습니까 ?

中 厚西 新目你 衣森你嘎

羅 hok.ssi/sin.mu.ni/it.sseum.ni.ga

譯 請問有報紙嗎 ?

B

韓 네, 있습니다. 무슨 신문으로 드릴까요?

中 內 衣森你答 目森 新目呢囉 特里兒嘎呦

羅 ne//it.sseum.ni.da//mu.seun/sin.mu.neu.ro/
deu.ril.ga.yo

譯 有的, 您要什麼報紙呢?

A

韓 대만 신문으로 주세요.

中 貼蠻 心目呢囉 租誰呦

羅 de*.man/sin.mu.neu.ro/ju.se.yo

譯 請給我台灣的報紙。

B

韓 네, 잠깐만 기다려 주세요.

中 內 禪乾慢 可衣搭溜 租誰呦

羅 ne//jam.gan.man/gi.da.ryo*/ju.se.yo

譯 好的, 請您稍等。

其他好用句　　　　　　　　　　♪ Track 103

韓 제 좌석을 가르쳐 주시겠습니까?

中 賊 抓蒐歌兒 卡了秋 租西給森你嘎

羅 je/jwa.so*.geul/ga.reu.cho*/ju.si.get.sseum.
ni.ga

譯 請問我的位子在哪裡呢?

韓 이어폰 사용 방법 좀 가르쳐 주십시오.

中 衣喔朋 沙庸旁跛 綜 卡了秋 租西不西喔

羅 i.o*.pon/sa.yong/bang.bo*p/jom/ga.reu.
cho*/ju.sip.ssi.o

譯 請告訴我耳機的使用方法。

韓 베개 좀 주시겠어요 ?
中 賠給 綜 租西給搜呦
羅 be.ge*/jom/ju.si.ge.sso*.yo
譯 可以給我枕頭嗎 ?

韓 담요 하나 더 필요합니다 .
中 他謬 哈那 投 匹溜憨你答
羅 dam.nyo/ha.na/do*/pi.ryo.ham.ni.da
譯 我還需要一件毛毯。

韓 저는 닭고기로 부탁합니다 .
中 醜能 踏溝可衣囉 鋪他砍你答
羅 jo*.neun/dal.go.gi.ro/bu.ta.kam.ni.da
譯 我要雞肉。

韓 펜 하나 빌릴 수 있을까요 ?
中 配恩 哈那 匹兒里兒 蘇 衣奢嘎呦
羅 pen/ha.na/bil.lil/su/i.sseul.ga.yo
譯 可以借我一隻筆嗎 ?

韓 커피 한 잔 더 주시겠습니까 ?
中 摳匹 憨 饡 投 租西給森你嘎
羅 ko*.pi/han/jan/do*/ju.si.get.sseum.ni.ga
譯 可以再給我一杯咖啡嗎 ?

單字		拼音
이륙하다 起飛	羅 中	i.ryu.ka.da 衣路卡答
착륙하다 降落	羅 中	chang.nyu.ka.da 擦六卡打
스튜어디스 空姐	羅 中	seu.tyu.o*.di.seu 斯特 U 喔滴思
승무원 乘務員	羅 中	seung.mu.wo 深目我恩
창문 窗口	羅 中	chang.mun 昌目恩
통로 走道	羅 中	tong.no 通囉
닭고기 雞肉	羅 中	dal.go.gi 踏溝可衣
소고기 牛肉	羅 中	so.go.gi 蒐溝可衣
생선 魚	羅 中	se*ng.so*n 先恩送
면세품 免稅品	羅 中	myo*n.se.pum 謬恩誰鋪恩
출입국 신고서 出入境申請表	羅 中	chu.rip.guk/sin.go.so* 粗力股 新勾蒐

입국 심사
ip.guk/sim.sa

入境檢查

A

韓 여권을 보여 주세요 . 방문 목적은 뭡니까 ?

中 呦個我呢兒 波優 租誰呦 旁目恩 末走跟
猛你嘎

羅 yo*.gwo.neul/bo.yo*/ju.se.yo//bang.mun/
mok.jjo*.geun/mwom.ni.ga

譯 請您出示護照 , 您來這的目的是 ?

B

韓 친구 만나러 왔습니다 .

中 親估 蠻那囉 瓦森你答

羅 chin.gu/man.na.ro*/wat.sseum.ni.da

譯 我是來見朋友的。

A

韓 얼마나 머물 예정입니까 ?

中 喔兒媽那 摸目兒 耶宗影你嘎

羅 o*l.ma.na/mo*.mul/ye.jo*ng.im.ni.ga

譯 您要待多久 ?

B

韓 5 박 6 일입니다 .

中 喔爸 U 可依領你打

羅 o.ba.gyu.gi.rim.ni.da

譯 我會待 6 天 5 夜。

A

韓 어디서 묵으십니까 ?

中 喔滴蒐 目歌心你嘎

羅 o*.di.so*/mu.geu.sim.ni.ga

譯 您要住哪裡？

B

韓 신라 호텔에서 묵을 겁니다 .

中 新拉 齁貼類蒐 目歌 拱你打

羅 sil.la/ho.te.re.so*/mu.geul/go*m.ni.da

譯 我會住在新羅飯店。

其他好用句   ♪ Track 106

韓 출장 때문에 왔습니다 .

中 粗髒 鐵目內 挖森你答

羅 chul.jang/de*.mu.ne/wat.sseum.ni.da

譯 我來這裡出差。

韓 관광하러 왔습니다 .

中 狂光哈囉 挖森你答

羅 gwan.gwang.ha.ro*/wat.sseum.ni.da

譯 我是來觀光的。

韓 한국어 연수하러 왔어요 .

中 憨估溝 永酥哈囉 瓦蒐呦

羅 han.gu.go*/yo*n.su.ha.ro*/wa.sso*.yo

譯 我是來進修韓語的。

韓 이것은 호텔 주소입니다 .

中 衣狗神 齁鐵兒 組蒐影你答
羅 i.go*.seun/ho.tel/ju.so.im.ni.da
譯 這是飯店的地址。

韓 친구 집에 머무를 겁니다 .
中 親估 幾杯 摸目惹 拱你答
羅 chin.gu/ji.be/mo*.mu.reul/go*m.ni.da
譯 打算住在朋友家。

韓 저는 대만에서 왔습니다 .
中 醜能 貼慢內蒐 挖森你答
羅 jo*.neun/de*.ma.ne.so*/wat.sseum.ni.da
譯 我從台灣來的。

韓 미안하지만 알아 들을 수 없습니다 .
中 咪安哈幾慢 阿拉 特惹 蘇 喔不森你答
羅 mi.an.ha.ji.man/a.ra/deu.reul/ssu/o*.p.
sseum.ni.da
譯 對不起，我聽不懂。

짐을 찾을 때

ji.meul/cha.jeul/de*

提領行李

情境對話一

♪ Track 107

A

韓 실례하지만 어디에서 짐을 찾습니까?

中 西兒類哈幾慢 喔滴 A 蒐 七悶 擦森你嘎

羅 sil.lye.ha.ji.man/o*.di.e.so*/ji.meul/chat. sseum.ni.ga

譯 不好意思，請問在哪裡拿行李呢？

B

韓 어느 비행기를 타고 왔습니까?

中 喔呢 匹呵黑可衣惹 他勾 挖森你嘎

羅 o*.neu/bi.he*ng.gi.reul/ta.go/wat.sseum. ni.ga

譯 您是搭哪一班飛機來的呢？

A

韓 대한항공 A380 을 타고 왔습니다.

中 鐵憨夯空 A 三怕空兒 她勾 挖森你答

羅 de*.han.hang.gong/a.sam.pal.gong.eul/ ta.go/wat.sseum.ni.da

譯 我是搭大韓航空 A380 來的。

B

韓 나랑 같은 비행기네요. 나를 따라 오세요.

中 那郎 卡騰 匹呵黑可衣內呦 那惹 搭拉 喔誰呦

羅 na.rang/ga.teun/bi.he*ng.gi.ne.yo//na.reul/

da.ra/o.se.yo

譯 跟我搭同一班飛機呢的！請跟我走。

情境對話二 ♪ Track 108

A

韓 실례지만 제 짐이 안 보이는데요 .

中 西兒類幾慢 賊 七咪 安 波衣能貼呦

羅 sil.lye.ji.man/je/ji.mi/an/bo.i.neun.de.yo

譯 不好意思 ，我沒看到我的行李。

B

韓 짐이 어떻게 생겼는지 말씀해 주시겠어요 ?

中 七咪 喔豆Ｋ 先可呦能幾 媽兒生黑 租西給搜
呦

羅 ji.mi/o*.do*.ke/se*ng.gyo*n.neun.ji/mal.
sseum.he*/ju.si.ge.sso*.yo

譯 可以告訴我那行李長什麼樣子嗎？

A

韓 네 , 까만색 가방입니다 . 이름표에 장미숙이
라고 적혀 있어요 .

中 內 嘎蠻誰 卡邦影你答 衣冷匹呦 Ａ 長咪素可
衣拉勾 走可呦 衣蒐呦

羅 ne//ga.man.se*k/ga.bang.im.ni.da//i.reum.
pyo.e/jang.mi.su.gi.ra.go/jo*.kyo*/i.sso*.yo

譯 好的 ，是黑色的包包。名牌上寫著張美淑。

其他好用句 ♪ Track 109

韓 제 짐을 못 찾겠어요 .

中 賊 七悶兒 末 擦給搜呦

羅 je/ji.meul/mot/chat.ge.sso*.yo
譯 我找不到我的行李。

韓 분실물 창구가 어디죠 ?
中 鋪恩西兒目兒 倉古嘎 喔滴救
羅 bun.sil.mul/chang.gu.ga/o*.di.jyo
譯 請問遺失物窗口在哪裡 ?

韓 가방이 망가졌습니다 .
中 卡邦衣 忙嘎救森你答
羅 ga.bang.i/mang.ga.jo*t.sseum.ni.da
譯 行李箱壞掉了。

韓 지금 바로 확인해 주시겠어요 ?
中 七跟恩 怕囉 花可銀黑 租西給搜呦
羅 ji.geum/ba.ro/hwa.gin.he*/ju.si.ge.sso*.yo
譯 可以請您現在幫我確認嗎 ?

韓 제가 묵는 호텔로 보내주세요 .
中 賊嘎 目能 齁貼兒囉 波內租誰呦
羅 je.ga/mung.neun/ho.tel.lo/bo.ne*.ju.se.yo
譯 請送到我住的飯店來。

韓 카트는 어디서 구할 수 있나요 ?
中 卡特能 喔滴蒐 苦哈兒 蘇 影那呦
羅 ka.teu.neun/o*.di.so*/gu.hal/ssu/in.na.yo
譯 哪裡有行李推車 ?

單字		拼音
짐	羅	jim
行李	中	七恩
여행 가방	羅	yo*.he*ng/ga.bang
旅行箱	中	呦黑恩 卡棒
수하물	羅	su.ha.mul
手提行李	中	蘇哈目兒
슈트케이스	羅	syu.teu.ke.i.seu
手提箱	中	思 U 特 K 衣思
찾다	羅	chat.da
找尋	中	擦打
분실하다	羅	bun.sil.ha.da
遺失	中	鋪恩西兒哈打

旅遊小常識

　　各航空公司規定經濟艙旅客每人拖運行李重量不得超過 20 公斤。手提行李約限重 7～8 公斤。若是超重則要自行負擔超重運費喔！

세관에서

se.gwa.ne.so*

在海關

情境對話一 ♪ Track 111

A

韓 신고할 것이 있습니까?

中 新勾哈兒 狗吸 衣森你嘎

羅 sin.go.hal/go*.si/it.sseum.ni.ga

譯 有要申報的物品嗎?

B

韓 아니요 . 없습니다 .

中 阿逆呦 喔不森你答

羅 sin.go.hal/go*.si/it.sseum.ni.ga

譯 不 , 沒有。

情境對話二 ♪ Track 112

A

韓 안에 있는 내용물은 뭡니까?

中 安內 影能 內庸木冷 猛你嘎

羅 a.ne/in.neun/ne*.yong.mu.reun/mwom.
ni.ga

譯 裡面的內容物為何?

B

韓 제 속옷입니다 .

中 賊 蒐勾心你打

羅 je/so.go.sim.ni.da

譯 是我的內衣。

A
韓 그럼 이 상자 안에 있는 건 뭐예요 ?
中 可龍 一 商渣 安內 影能 拱 摸耶呦
羅 geu.ro*m/i/sang.ja/a.ne/in.neun/go*n/mwo.
    ye.yo
譯 那這箱子裡面的東西是什麼？

B
韓 친구에게 줄 생일 선물입니다 . 선글라스하
    고 향수입니다 .
中 親估 A 給 租兒 先衣兒 松木領你打 松哥兒
    拉思哈勾 呵呀蘇影你答
羅 chin.gu.e.ge/jul/se*ng.il/so*n.mu.rim.ni.da//
    so*n.geul.la.seu.ha.go/hyang.su.im.ni.da
譯 是要給朋友的生日禮物。是太陽眼鏡和香水。

其他好用句   ♪ Track 113

韓 옷이나 일상용품밖에 없어요 .
中 喔西那 衣兒商庸鋪恩爸給 喔不蒐呦
羅 o.si.na/il.sang.yong.pum.ba.ge/o*p.sso*.yo
譯 只有衣服和日常用品。

- -

韓 그건 기내에서 산 면세품입니다 .
中 可拱 可衣內 A 蒐 三 謬恩誰鋪民你打
羅 geu.go*n/gi.ne*.e.so*/san/myo*n.se.pu.
    mim.ni.da
譯 那是我在飛機上買的免稅品。

韓 술이나 담배 없습니다 .

中 蘇理那 談貝 喔不森你打

羅 su.ri.na/dam.be*/o*p.sseum.ni.da

譯 沒有酒或香菸。

韓 담배 두 보루가 있습니다 .

中 彈貝 兔 波嚕嘎 衣森你答

羅 dam.be*/du/bo.ru.ga/it.sseum.ni.da

譯 有兩條香菸。

韓 그 알약은 치통약입니다 .

中 科 阿了亞跟 七通呀影你答

羅 geu/a.rya.geun/chi.tong.ya.gim.ni.da

譯 那個藥丸是止痛藥。

韓 이제 가방을 닫아도 되나요 ?

中 衣賊 卡棒兒 他打豆 腿那呦

羅 i.je/ga.bang.eul/da.da.do/dwe.na.yo

譯 我現在可以關上包包了嗎？

單字	拼音	
신고하다 申報	羅 中	sin.go.ha.da 新勾哈打
세관원 海關人員	羅 中	se.gwa.nwon 誰關我恩
귀중품 貴重物品	羅 中	gwi.jung.pum 虧尊鋪恩
잡화 雜貨、雜物	羅 中	ja.pwa 炸噴哇
물건 物品	羅 中	mul.go*n 目兒拱
세금 稅金	羅 中	se.geum 誰跟恩
가격 價格	羅 中	ga.gyo*k 卡個呦
열다 打開	羅 中	yo*l.da 呦兒打
닫다 關上	羅 中	dat.da 他打

旅遊小常識

　　遊韓國時，盡量少帶金飾，不論是手錶、項鍊還是戒指等，韓國對金飾管制嚴格，如果大量攜帶可能會耽誤到你的寶貴旅遊行程喔！另外，每人美金現金不得超過 10,000 元。

공항 안내소
gong.hang/an.ne*.so

機場服務台

情境對話一 ♪ Track 115

A

韓 지도 좀 구할 수 있나요?

中 七斗 綜 苦哈兒 酥 影那呦

羅 ji.do/jom/gu.hal/ssu/in.na.yo

譯 可以索取地圖嗎?

B

韓 네, 영어 지도로 드릴까요?

中 內 庸喔 七斗囉 特里兒嘎呦

羅 ne//yo*ng.o*/ji.do.ro/deu.ril.ga.yo

譯 可以，給您英文版地圖嗎？

A

韓 아니요. 중국어 지도로 주세요.

中 阿逆呦 尊估狗 七斗囉 租誰呦

羅 a.ni.yo//jung.gu.go*/ji.do.ro/ju.se.yo

譯 不，請給我中文版地圖。

情境對話二 ♪ Track 116

A

韓 동대문에 가고 싶은데 여기서 지하철을 탈 수 있어요?

中 同貼目內 卡勾 西噴貼 呦可衣搜 七哈醜惹 他兒 蘇 衣蒐呦

羅 dong.de*.mu.ne/ga.go/si.peun.de/yo*.
gi.so*/ji.ha.cho*.reul/tal/ssu/i.sso*.yo

譯 我想去東大門，這裡可以搭地鐵嗎？

B
韓 지하철은 아래층에 있습니다 . 시내에 가시
려면 공항 버스도 이용하실 수 있습니다 . 공
항버스 정류장은 저기 출구로 나가시면 있
습니다 .

中 七哈醜冷 阿類層 A 衣森你答 西內 A 卡西六
謬恩 空夯 波絲豆 衣庸哈西兒蘇 衣森你答
空夯波思 寵了 U 髒恩 醜可衣 粗兒古囉
那卡西謬恩 衣森你答

羅 ji.ha.cho*.reun/a.re*.cheung.e/it.sseum.
ni.da//si.ne*.e/ga.si.ryo*.myo*n/gong.hang/
bo*.seu.do/i.yong.ha.sil/su/it.sseum.ni.da//
gong.hang.bo*.seu/jo*ng.nyu.jang.eun/jo*.
gi/chul.gu.ro/na.ga.si.myo*n/it.sseum.ni.da

譯 地鐵在樓下。要去市區的話 , 也可以搭乘機
場巴士。機場巴士站從那個出口出去就是了。

A
韓 고맙습니다 .
中 口媽森你打
羅 go.map.sseum.ni.da
譯 謝謝您。

其他好用句 ♪ Track 117

韓 안내소는 어디에 있습니까 ?
中 安內蒐能 喔低 A 衣森你嘎

羅 an.ne*.so.neun/o*.di.e/it.sseum.ni.ga
譯 請問服務台在哪裡?

韓 관광안내자료를 얻고 싶어요.
中 狂光安內差六惹 喔夠 西波呦
羅 gwan.gwang.an.ne*.ja.ryo.reul/o*t.go/
si.po*.yo
譯 我想領取觀光指南的資料。

韓 호텔을 좀 예약해 주실 수 있습니까?
中 齁貼惹 綜 耶押 K 租西兒 蘇 衣森你嘎
羅 ho.te.reul/jjom/ye.ya.ke*/ju.sil/su/it.sseum.
ni.ga
譯 可以幫我預約飯店嗎?

韓 공항 근처의 호텔을 예약해 주세요.
中 空夯 肯醜 A 齁貼惹 耶押 K 租誰呦
羅 gong.hang/geun.cho*.ui/ho.te.reul/ye.ya.
ke*/ju.se.yo
譯 請幫我訂明洞附近的飯店。

韓 어디서 핸드폰을 대여할 수 있지요?
中 喔滴蒐 喝黑的朋呢 貼呦哈兒 蘇 衣幾呦
羅 o*.di.so*/he*n.deu.po.neul/de*.yo*.hal/ssu/
it.jji.yo
譯 哪裡可以租手機呢?

韓 영어로 설명해 줄 수 있습니까?

中 庸喔囉 蒐兒謬恩黑 租兒 酥 衣森你嘎

羅 yo*ng.o*.ro/so*l.myo*ng.he*/jul/su/it.sseum.
   ni.ga

譯 您可以用英文說明嗎？

韓 청계천은 어떻게 가는거죠？

中 蔥給從能 喔豆K卡能勾救

羅 cho*ng.gye.cho*.neun/o*.do*.ke/ga.neun.
   go*.jyo

譯 清溪川該怎麼去呢？

旅遊關鍵字 — 機場

♪ Track 118

單字		拼音
전국지도	羅	jo*n.guk.jji.do
全國地圖	中	寵固己斗
항공회사	羅	hang.gong.hwe.sa
航空公司	中	夯空灰沙
국제선	羅	guk.jje.so*n
國際航班	中	苦賊悚
국내선	羅	gung.ne*.so*n
國內航班	中	苦內悚
시차	羅	si.cha
時差	中	西差
터미널	羅	to*.mi.no*l
航站樓	中	偷咪呢喔兒
금연석	羅	geu.myo*n.so*k
禁菸席	中	肯恩傭嗽

환전할 때

hwan.jo*n.hal/de*

換錢時

情境對話

♪ Track 119

A

韓 여기서 환전할 수 있죠?

中 呦可衣搜 歡宗哈兒 酥 衣救

羅 yo*.gi.so*/hwan.jo*n.hal/ssu/it.jjyo

譯 這裡可以換錢吧？

B

韓 네, 얼마 바꿔 드릴까요?

中 內 喔兒媽 怕郭 特里兒嘎呦

羅 ne/o*l.ma/ba.gwo/deu.ril.ga.yo

譯 好的，要幫你換多少錢？

A

韓 오늘 환율이 얼마예요?

中 喔呢 歡 U 里 喔兒媽耶呦

羅 o.neul/hwa.nyu.ri/o*l.ma.ye.yo

譯 今天的匯率是多少？

B

韓 1 달러에 1100 원입니다.

中 衣兒他兒囉 A 聰培果您你答

羅 il.dal.lo*.e/cho*n.be*.gwo.nim.ni.da

譯 1 美元 1100 圓韓幣。

A

韓 그럼 여기 200 달러가 있습니다. 한국돈으

로 바꿔 주세요 .

中 可龍 呦可依 衣貝他兒囉嘎 衣森你打 憨估同
呢囉 怕郭 租誰呦

羅 geu.ro*m/yo*.gi/i.be*k.dal.lo*.ga/it.sseum.
ni.da//han.guk.do.neu.ro/ba.gwo/ju.se.yo

譯 那這裡有 200 美金 , 請幫我換成韓幣。

B

韓 어떻게 바꿔 드릴까요 ? 모두 5 만원짜리로
바꿔 드릴까요 ?

中 喔豆 K 怕郭 特里兒嘎呦 摸度 喔蠻我恩渣里
囉 怕郭 特里兒嘎呦

羅 o*.do*.ke/ba.gwo/deu.ril.ga.yo//mo.du/
o.ma.nwon.jja.ri.ro/ba.gwo/deu.ril.ga.yo

譯 錢要怎麼幫您換呢 ? 全部都幫您換成五萬韓
幣的紙鈔嗎 ?

A

韓 네 , 그렇게 바꿔 주세요 .

中 內 可囉 K 怕郭 租誰呦

羅 ne//geu.ro*.ke/ba.gwo/ju.se.yo

譯 好 , 請那樣換給我。

B

韓 여기 22 만원이 있습니다 . 확인해 보세요 .

中 呦可衣 衣西逼蠻我你 衣森你打 花可銀黑 波誰呦

羅 yo*.gi/i.si.bi.ma.nwo.ni/it.sseum.ni.da//hwa.
gin.he*/bo.se.yo

譯 這裡是 22 萬韓幣 , 請確認。

A

韓 고맙습니다 . 수고하세요 .

中 口媽森你答 蘇摳哈誰呦
羅 go.map.sseum.ni.da//su.go.ha.se.yo
譯 謝謝，辛苦了。

其他好用句

♪ Track 120

韓 어디서 환전할 수 있지요 ?
中 喔滴蒐 歡宗哈兒 蘇 衣基呦
羅 o*.di.so*//hwan.jo*n.hal/ssu/it.jji.yo
譯 哪裡可以換錢呢 ?

韓 ATM 이 어디에 있나요 ?
中 ATM 衣 喔滴 A 影那呦
羅 atm.i/o*.di.e/in.na.yo
譯 哪裡有 ATM。

韓 환전해 주세요 .
中 歡宗黑 租誰呦
羅 hwan.jo*n.he*//ju.se.yo
譯 請幫我換錢。

韓 오늘 일 달러에 얼마예요 ?
中 喔呢 衣兒 他兒囉 A 喔兒媽耶呦
羅 o.neul/il/dal.lo*.e/o*l.ma.ye.yo
譯 今天一美元兌換多少韓元 ?

韓 은행은 몇 시에 엽니까 ?
中 恩黑恩 謬 西 A 勇你嘎
羅 eun.he*ng.eun/myo*t/si.e/yo*m.ni.ga

譯 銀行幾點開門？

韓 제일 가까운 환전소가 어디죠 ?

中 賊衣兒 卡嘎溫 歡宗蒐嘎 喔滴救

羅 je.il/ga.ga.un/hwan.jo*n.so.ga/o*.di.jyo

譯 最近的換錢所在哪裡？

韓 모두 만원짜리로 바꿔 주세요 .

中 摸肚 蠻我炸里囉 怕郭 租誰呦

羅 mo.du/ma.nwon.jja.ri.ro/ba.gwo/ju.se.yo

譯 請全部幫我換成萬元紙鈔。

韓 5 만원짜리 5 장 그리고 나머지는 만원으로
주세요 .

中 喔蠻我恩渣裡 他蒐髒 可理勾 那摸幾能 蠻我
呢囉 租誰呦

羅 o.ma.nwon.jja.ri/da.so*t/jang/geu.ri.go/
na.mo*.ji.neun/ma.nwo.neu.ro/ju.se.yo

譯 五萬韓圜的紙鈔五張 , 剩下的都給我一萬韓
圜的紙鈔。

韓 이 지폐를 잔돈으로 바꿔 주세요 .

中 衣 漆配惹 蟬東呢囉 怕郭 租誰呦

羅 i/ji.pye.reul/jjan.do.neu.ro/ba.gwo/ju.se.yo

譯 請將這張支票換成零錢。

韓 잔돈도 필요합니다 .

中 襌痛豆 匹六憨你答

羅 jan.don.do/pi.ryo.ham.ni.da
譯 我也需要零錢。

旅遊關鍵字 — 換錢所

♪ Track 121

單字	拼音	
외환	羅	we.hwan
外幣	中	威換
환율	羅	hwa.nyul
匯率	中	歡 U 兒
한화	羅	han.hwa
韓幣	中	憨花
달러	羅	dal.lo*
美金	中	他兒囉
엔화	羅	en.hwa
日幣	中	A 恩花
대만돈	羅	de*.man.don
台幣	中	貼蠻痛
인민폐	羅	in.min.pye
人民幣	中	銀民配
수표	羅	su.pyo
支票	中	蘇匹呦

旅遊小常識

韓國的紙鈔共有四種。分別為 50,000 韓元、10,000 韓元、5,000 韓元、1,000 韓元。韓國的硬幣共六種。分別為 1 韓元、5 韓元、10 韓元、50 韓元、100 韓元、500 韓元。(但現在 1 韓元和 5 韓元已不使用。)

背包客的菜韓文自由行 **왕**초보

여행 한국어 회화

交通
通 교통수단
Chapter 3
工具

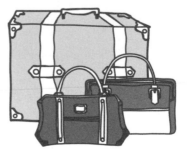

공항버스를 이용할 때

gong.hang.bo*.seu.reul/i.yong.hal/de*

搭機場巴士

情境對話

♪ Track 122

A

韓 시내에 가는 버스 있나요 ?

中 西內 A 咖能 波思 尹那呦

羅 si.ne*.e/ga.neun/bo*.seu/in.na.yo

譯 有前往市區的公車嗎 ?

B

韓 있습니다 . 공항버스를 이용하세요 .

中 意省你打 空夯波思惹 衣庸哈誰呦

羅 it.sseum.ni.da//gong.hang.bo*.seu.reul/
i.yong.ha.se.yo

譯 有的 , 請您搭乘機場巴士。

A

韓 공항 버스 타는 곳은 어디에 있어요 ?

中 空夯 波思 他能 狗神 喔滴 A 衣搜呦

羅 gong.hang/bo*.seu/ta.neun/go.seun/o*.di.e/
i.sso*.yo

譯 搭機場巴士的地方在哪裡 ?

B

韓 저기 출구로 나가시면 보이실 거예요 .

中 醜可衣 粗兒股囉 那嘎西謬 波衣西兒 勾耶呦

羅 jo*.gi/chul.gu.ro/na.ga.si.myo*n/bo.i.sil/go*.

---

ye.yo

譯 從那裡的出口出去後，您就會看到了。

A

韓 버스 표는 어디서 사나요?

中 波思 噴呦能 喔滴搜 沙那呦

羅 bo*.seu/pyo.neun/o*.di.so*/sa.na.yo

譯 公車票在哪裡買？

B

韓 공항 버스를 타실 때 내시면 됩니다.

中 空夯 波思惹 他西兒 鐵 類西謬 腿你打

羅 gong.hang/bo*.seu.reul/ta.sil/de*/ne*.si.myo*n/dwem.ni.da

譯 搭機場巴士時再付錢就可以了。

A

韓 알려 주셔서 고마워요.

中 阿兒溜 組修搜 口媽我呦

羅 al.lyo*/ju.syo*.so*/go.ma.wo.yo

譯 謝謝您告訴我。

其他好用句   ♪ Track 123

韓 시내까지 가는 공항 버스는 어디서 타야 합니까?

中 西內嘎幾 卡能 空夯 波思能 喔滴搜 他押 憨你嘎

羅 si.ne*.ga.ji/ga.neun/gong.hang/bo*.seu.neun/o*.di.so*/ta.ya/ham.ni.ga

譯 前往市區的機場巴士要在哪裡搭？

韓 동대문에 가려면 어느 버스를 타야 해요 ?

中 同貼目內 卡溜謬 喔呢 波思惹 他押 黑呦

羅 dong.de*.mu.ne/ga.ryo*.myo*n/o*.neu/bo.
seu.reul/ta.ya/he*.yo

譯 我想去東大門，要搭哪一台巴士？

韓 매표소는 어디에 있습니까 ?

中 妹噴呦所能 喔滴 A 衣省你嘎

羅 me*.pyo.so.neun/o*.di.e/it.sseum.ni.ga

譯 請問售票口在哪裡？

韓 리무진 버스를 타고 청량리 역에 가고 싶어요 .

中 里目斤 波思惹 他溝 聰涼里 呦給 卡溝 西波
呦

羅 ri.mu.jin/bo*.seu.reul/ta.go/cho*ng.nyang.
ni/yo*.ge/ga.go/si.po*.yo

譯 我想搭機場巴士去清涼里站。

韓 이 버스는 롯데 호텔 근처에 섭니까 ?

中 衣 波思能 漏鐵 齁貼兒 肯醜 A 送你嘎

羅 i/bo*.seu.neun/rot.de/ho.tel/geun.cho*.e/
so*m.ni.ga

譯 這台公車會停在樂天飯店附近嗎？

旅遊關鍵字 ─ 機場巴士

單字		拼音
버스 승차장 公車站	羅 中	bo*.seu/seung.cha.jang 波思 生擦掌
버스 안내 巴士導引	羅 中	bo*.seu/an.ne* 波思 安內
운행시간 運行時間	羅 中	un.he*ng.si.gan 溫嘿恩西感
노선 路線	羅 中	no.so*n 呢喔慫
심야버스 深夜巴士	羅 中	si.mya.bo*.seu 新鴉波思
셔틀버스 專用巴士 / 接送巴士	羅 中	syo*.teul.bo*.seu 修特兒波思
단체버스 團體巴士	羅 中	dan.che.bo*.seu 彈疵耶波思
지방버스 地方巴士	羅 中	ji.bang.bo*.seu 七幫波思
리무진버스 豪華機場巴士	羅 中	ri.mu.jin.bo*.seu 里目斤波思

旅遊小常識

貨幣兌換比率：

1 美元 = 1200 韓幣。1 台幣 = 35 韓幣。

(以上為參考匯率 , 實際匯率請參照當日銀行公佈為準)

지하철을 이용할 때

ji.ha.cho*.reul/i.yong.hal/de*

搭地鐵

情境對話一 ♪ Track 125

A

韓 실례지만, 이 근처에 지하철 역이 있어요?

中 西兒類幾慢 衣 肯醜 A 七哈醜六可衣 衣蒐呦

羅 sil.le.ji.man//i/geun.cho*.e/ji.ha.cho*l/yo*.gi/
i.sso*.yo

譯 不好意思, 請問這附近有地鐵站嗎?

B

韓 네, 있어요. 종로 3 가역이에요. 이 사거리
에서 오른쪽으로 가면 보일 거예요.

中 內 衣蒐呦 宗囉三嘎呦可衣耶呦 衣沙狗理 A
蒐 喔冷走可囉 卡謬恩 波衣兒勾耶呦

羅 ne//i.sso*.yo//jong.no.sam.ga.yo*.gi.e.yo//i/
sa.go*.ri.e.so*//o.reun.jjo.geu.ro/ga.myo*n/
bo.il/go*.ye.yo

譯 有, 是鍾路 3 街站。在這個十字路口向右轉
就可以看到了。

A

韓 멀지 않네요. 고맙습니다.

中 摸兒基 安內呦 口媽森你答

羅 mo*l.ji/an.ne.yo//go.map.sseum.ni.da

譯 不會很遠呢! 謝謝你。

A

韓　명동에 가고 싶습니다 . 어느 역에서 갈아타
　　면 되죠 ?

中　謬恩東 A 卡勾 西不森你打 喔呢 呦給搜 卡
　　拉她謬恩 腿救

羅　myo*ng.dong.e/ga.go/sip.sseum.ni.da//
　　o*.neu/yo*.ge.so*/ga.ra.ta.myo*n/dwe.jyo

譯　我想去明洞 , 我該在哪一個站換車呢 ?

B

韓　서울역에서 4 호선으로 갈아타세요 .

中　蒐烏六給搜 沙齁蒐呢囉 卡拉他誰呦

羅　so*.ul.lyo*.ge.so*/sa.ho.so*.neu.ro/ga.ra.
　　ta.se.yo

譯　請你在首爾站換乘 4 號線。

A

韓　지하철 역에 어떻게 갑니까 ?

中　漆哈醜 六給 喔豆 K 砍你嘎

羅　ji.ha.cho*l/yo*.ge/o*.do*.ke/gam.ni.ga

譯　地鐵站要怎麼去 ?

B

韓　저도 지하철 역에 가는 중이에요 . 같이 갑시다 .

中　醜豆 漆哈醜 六給 卡能 尊衣 A 呦 卡器 卡不
　　西打

羅　jo*.do/ji.ha.cho*l/yo*.ge/ga.neun/jung.
　　i.e.yo//ga.chi/gap.ssi.da

譯 我也正要去地鐵站，一起去吧。

情境對話四　　　　　　　　　　　♪ Track 128

A

韓 다음 역은 무슨 역입니까 ?

中 他恩 呦跟 目森 呦可影你嘎

羅 da.eum/yo*.geun/mu.seun/yo*.gim.ni.ga

譯 下一站是什麼站？

B

韓 다음 역은 이태원 역입니다 .

中 她恩 呦跟恩 衣貼我恩 呦可影你打

羅 da.eum/yo*.geun/i.te*.won/yo*.gim.ni.da

譯 下一站是梨泰院站。

情境對話五　　　　　　　　　　　♪ Track 129

A

韓 경복궁에 가려면 몇 번 출구로 나가야 해요 ?

中 可呦崩波苦恩 A 卡六謬恩 謬 崩 粗兒古囉
那嘎呀 黑呦

羅 gyo*ng.bok.gung.e/ga.ryo*.myo*n/myo*t/
bo*n/chul.gu.ro/na.ga.ya/he*.yo

譯 去景福宮要從幾號出口出去呢？

B

韓 5 번 출구로 나가시면 바로 경복궁입니다 .

中 喔崩 粗兒古囉 那嘎西謬恩 怕囉 可呦恩波苦
恩影你打

羅 o.bo*n/chul.gu.ro/na.ga.si.myo*n/ba.ro/
gyo*ng.bok.gung.im.ni.da

譯 從 5 號出口出去就是景福宮了。

♪ Track 130

韓 지하철 노선도를 주세요.

中 幾哈醜兒 呢喔松斗惹 租誰呦

羅 ji.ha.cho*l/no.so*n.do.reul/jju.se.yo

譯 請給我地鐵路線圖。

韓 몇 호선을 타야 해요?

中 謬 齁搜呢兒 他呀 黑呦

羅 myo*t/ho.so*.neul/ta.ya/he*.yo

譯 我要搭幾號線呢?

韓 어디서 환승해야 하나요?

中 喔滴蒐 歡生黑呀 哈那呦

羅 o*.di.so*/hwan.seung.he*.ya/ha.na.yo

譯 我該在哪裡換車?

韓 교통카드 좀 충전해 주세요.

中 可呦通卡特 綜 春宗黑 租誰呦

羅 gyo.tong.ka.deu/jom/chung.jo*n.he*/ju.se.yo

譯 請幫我儲值交通卡。

韓 티켓 자동판매기 사용할 줄 몰라요.

中 踢 K 差東盤妹可衣 沙庸哈兒 租兒 摸兒拉呦

羅 ti.ket/ja.dong.pan.me*.gi/sa.yong.hal/jjul/
mol.la.yo

譯 我不會使用自動售票機。

韓　여기 좀 앉아도 될까요 ?
中　呦可衣 綜 安渣豆 腿兒嘎呦
羅　yo*.gi/jom/an.ja.do/dwel.ga.yo
譯　我可以坐在這裡嗎 ?

韓　몇 호선이 김포공항으로 가나요 ?
中　謬 齁蒐你 可衣恩波空夯兒囉 卡那呦
羅　myo*t/ho.so*.ni/gim.po.gong.hang.eu.ro/
　　ga.na.yo
譯　幾號線會開往金浦機場呢 ?

背包客的
菜韓文自由行

單字	拼音	
역 車站	羅 中	yo*k 又
~호선 ~號線	羅 中	ho.so*n 齁悚
교통카드 交通卡	羅 中	gyo.tong.ka.deu 可呦通卡的
환승역 換乘站	羅 中	hwan.seung.yo*k 歡生又
입구 入口	羅 中	ip.gu 衣不古
타다 搭車	羅 中	ta.da 他打
내리다 下車	羅 中	ne*.ri.da 內李打
기다리다 等候	羅 中	gi.da.ri.da 可衣答里打
손잡이 手拉環	羅 中	son.ja.bi 松渣匹
경로석 博愛座	羅 中	gyo*ng.no.so*k 可呦恩囉嗦

택시를 이용할 때

te*k.ssi.reul/i.yong.hal/de*

搭計程車

情境對話

♪ Track 132

A

韓 어디까지 가세요？

中 喔滴嘎己 卡誰呦

羅 o*.di.ga.ji/ga.se.yo

譯 您要去哪裡？

B

韓 홍대 근처로 가 주세요.

中 轟貼 肯醜囉 卡 租誰呦

羅 hong.de*/geun.cho*.ro/ga/ju.se.yo

譯 去弘大附近。

A

韓 네, 출발하겠습니다.

中 內 粗兒爸拉給森你答

羅 ne//chul.bal.ha.get.sseum.ni.da

譯 好，要出發了。

A

韓 어디서 세워 드릴까요？

中 喔滴蒐 誰我 特里兒嘎呦

羅 o*.di.so*/se.wo/deu.ril.ga.yo

譯 在哪裡停車呢？

B

韓 저 편의점 앞에서 세워 주시면 돼요. 돈 여

기 있습니다 .

中 醜 匹呦你走 馬配蒐 誰我 租西謬恩 腿呦 同
呦可衣 衣森你答

羅 jo*/pyo*.nui.jo*m/a.pe.so*/se.wo/ju.si.
myo*n/dwe*.yo//don/yo*.gi/it.sseum.ni.da

譯 在那家便利商店前面停車就好了。錢在這裡。

A

韓 고맙습니다 . 살펴 가세요 .

中 口媽不森你打 沙兒匹呦 卡誰呦

羅 go.map.sseum.ni.da//sal.pyo*/ga.se.yo

譯 謝謝 ，請慢走。

韓 남산공원까지 부탁합니다 .

中 南山空我嘎己 撲他砍你答

羅 nam.san.gong.won.ga.ji/bu.ta.kam.ni.da

譯 請載我到南山公園。

韓 아저씨 , 여기서 내려 주세요 .

中 阿走夕 呦可衣搜 內溜 租誰呦

羅 a.jo*.ssi//yo*.gi.so*/ne*.ryo*/ju.se.yo

譯 大叔 ，我要在這裡下車。

韓 롯데 호텔로 가 주세요 .

中 漏貼 夠貼兒囉 卡 租誰呦

羅 rot.de/ho.tel.lo/ga/ju.se.yo

譯 我要去樂天飯店。

韓 고속도로로 갑시다 .
中 口蒐斗囉囉 卡不西打
羅 go.sok.do.ro.ro/gap.ssi.da
譯 我們走高速公路吧。

韓 뒤 트렁크 좀 열어 주시겠습니까 ?
中 推 特龍科 綜 呦囉 租西給你嘎
羅 dwi/teu.ro*ng.keu/jom/yo*.ro*/ju.si.get.
　　sseum.ni.ga
譯 可以請您打開後車廂嗎？

韓 아저씨 , 좀 빨리 가 주세요 .
中 阿走夕 綜 爸兒里 卡 租誰呦
羅 a.jo*.ssi//jom/bal.li/ga.ju.se.yo
譯 司機叔叔，請開快一點。

韓 짐이 무거워요 . 좀 도와 주시겠어요 ?
中 七咪 目勾我呦 綜 頭挖 租西給搜呦
羅 ji.mi/mu.go*.wo.yo//jom/do.wa/ju.si.ge.sso*.yo
譯 行李很重。可以幫個忙嗎？

韓 창문을 열어도 괜찮겠어요 ?
中 昌目呢兒 呦囉豆 傀餐 K 蒐呦
羅 chang.mu.neul/yo*.ro*.do/gwe*n.chan.
　　ke.sso*.yo
譯 我可以開窗戶嗎？

韓 가장 빠른 길로 가 주시겠습니까 ?

中　卡髒 爸兒冷 可衣兒囉 卡 租西給森你嘎
羅　ga.jang/ba.reun/gil.lo/ga/ju.si.get.sseum.\ni.ga
譯　您可以走最快的路嗎？

韓　거스름돈은 가지셔도 돼요 .
中　口思冷同能 卡基修豆 腿呦
羅　go*.seu.reum.do.neun/ga.ji.syo*.do/dwe*.yo
譯　您不必找零。

韓　거기까지 시간이 얼마나 걸리나요 ?
中　ㄇ可衣嘎幾 吸乾你 喔兒媽那 口兒理那呦
羅　go*.gi.ga.ji/si.ga.ni/o*l.ma.na/go*l.li.na.yo
譯　去那裡要花多久時間？

韓　직진 하세요 .
中　幾進 哈誰呦
羅　jik.jjin/ha.se.yo
譯　請直走。

韓　왼쪽으로 가세요 .
中　圍恩走個囉 卡誰呦
羅　wen.jjo.geu.ro/ga.se.yo
譯　請左轉。

單字		拼音
일반 택시 普通計程車	羅 中	il.ban/te*k.ssi 衣兒般 貼ㄆ
모범 택시 模範計程車	羅 中	mo.bo*m/te*k.ssi 摸崩 貼ㄆ
주소 地址	羅 中	ju.so 租蒐
사거리 十字路口	羅 中	sa.go*.ri 沙溝里
좌회전 左轉	羅 中	jwa.hwe.jo*n 疵哇灰總
우회전 右轉	羅 中	u.hwe.jo*n 屋輝總
기본 요금 基本費用	羅 中	gi.bo/nyo.geum 可衣崩 呦個恩
승객 乘客	羅 中	seung.ge*k 生給
멀다 遠	羅 中	mo*l.da 摸兒打
가깝다 近	羅 中	ga.gap.da 卡嘎不打

버스를 이용할 때

bo*.seu.reul/i.yong.hal/de*

搭公車

情境對話一 ♪ Track 135

A

韓 버스 정류장이 어디에 있나요 ?

中 波思 寵妞掌衣 喔滴 A 引那呦

羅 bo*.seu/jo*ng.nyu.jang.i/o*.di.e/in.na.yo

譯 公車站在哪裡 ?

B

韓 저기 치킨 집 앞에 버스 정류장이 있어요 .

中 醜可衣 七可贏 幾 爸配 波思 宗了 U 髒衣
衣蒐呦

羅 jo*.gi/chi.kin/jip/a.pe/bo*.seu/jo*ng.nyu.
jang.i/i.sso*.yo

譯 那家炸雞店前面有公車站。

情境對話二 ♪ Track 136

A

韓 이 버스는 신촌으로 가나요 ?

中 衣 波思能 新蕙呢囉 卡那呦

羅 i/bo*.seu.neun/sin.cho.neu.ro/ga.na.yo

譯 這班公車會到新村嗎 ?

B

韓 아니요 , 신촌에 갈 수 없어요 . 1212 번 버스
를 타세요 .

中 阿逆呦 新蔥內 卡兒 酥 喔不蒐呦 蔥衣貝西
逼崩 波斯惹 他誰呦

羅 a.ni.yo//sin.cho.ne/gal/ssu/o*p.sso*.yo//
cho*.ni.be*k.ssi.bi.bo*n/bo*.seu.reul/ta.se.yo

譯 不，不會到新村。請您搭 1212 號公車。

情境對話三
♪ Track 137

A

韓 이화여자대학교로 가는 버스는 여기서 탑니
까 ?

中 衣花呦渣貼哈個呦囉 卡能 波思能 呦可衣搜
貪你嘎

羅 i.hwa.yo*.ja.de*.hak.gyo.ro/ga.neun/bo*.
seu.neun/yo*.gi.so*/tam.ni.ga

譯 去梨花女子大學的公車在這裡搭嗎 ?

B

韓 아닙니다 . 길 건너편에서 타셔야 됩니다 .

中 阿您你答 可衣兒 恐呢喔匹呦內蒐 他修呀 腿
你打

羅 a.nim.ni.da//gil/go*n.no*.pyo*.ne.so*/
ta.syo*.ya/dwem.ni.da

譯 不，您必須在對面搭車。

其他好用句
♪ Track 138

韓 공항에 가는 버스는 있습니까 ?

中 空夯 A 卡能 波思能 衣森你嘎

羅 gong.hang.e/ga.neun/bo*.seu.neun/
it.sseum.ni.ga

譯 有去機場的公車嗎？

韓 이 자리는 비어 있는 건가요？
中 衣 渣理能 匹喔 影能 拱嘎呦
羅 i/ja.ri.neun/bi.o*/in.neun/go*n.ga.yo
譯 這個位子沒有人坐嗎？

韓 다음 버스는 언제 와요？
中 他恩 波思能 翁賊 挖呦
羅 da.eum/bo*.seu.neun/o*n.je/wa.yo
譯 下一台公車什麼時候來？

韓 제가 버스를 잘못 탄 건가요？
中 賊嘎 波思惹 差兒末 貪 拱嘎呦
羅 je.ga/bo*.seu.reul/jjal.mot/tan/go*n.ga.yo
譯 我搭錯公車了嗎？

韓 이 버스 어디까지 가나요？
中 衣 波思 喔低嘎機 卡那呦
羅 i/bo*.seu/o*.di.ga.ji/ga.na.yo
譯 這班公車會開到哪裡？

韓 저 몇 번 버스로 갈아타야 돼요？
中 醜 謬 崩 波思囉 卡拉他押 腿呦
羅 jo*/myo*t/bo*n/bo*.seu.ro/ga.ra.ta.ya/dwe*.
　　yo
譯 我該換搭幾號公車？

韓 제가 내릴 정류장을 지나쳤어요 .

中 賊嘎 內理兒 寵了 U 髒兒 七那秋蒐呦

羅 je.ga/ne*.ril/jo*ng.nyu.jang.eul/jji.na.cho*. sso*.yo

譯 我錯過要下車的站了。

旅遊關鍵字 — 公車

♪ Track 139

單字		拼音
고속버스	羅	go.sok.bo*.seu
高速巴士 / 長途巴士	中	口蒐波思
관광버스	羅	gwan.gwang.bo*.seu
觀光巴士	中	狂光波斯
공항버스	羅	gong.hang.bo*.seu
機場巴士	中	空航波斯
시내버스	羅	si.ne*.bo*.seu
市內巴士	中	西內波斯
시외버스	羅	si.we.bo*.seu
郊區巴士	中	西威波斯
마을버스	羅	ma.eul.bo*.seu
社區巴士	中	媽兒波斯
종점	羅	jong.jo*m
終點站	中	充恩種
운전기사	羅	un.jo*n.gi.sa
司機	中	溫宗可衣沙
하차벨	羅	ha.cha.bel
下車鈴	中	哈擦貝兒

기차를 이용할 때

gi.cha.reul/i.yong.hal/de*

搭火車

情境對話 ♪ Track 140

A

韓 KTX 로 울산에 가고 싶은데요 . 제일 이른
　차는 몇 시입니까 ?

中 KTX 囉 烏兒山內 卡勾 西噴貼呦 賊衣兒 衣
　冷 擦能 謬 西影你嘎

羅 KTX.ro/ul.sa.ne/ga.go/si.peun.de.yo//je.il/
　i.reun/cha.neun/myo*t/si.im.ni.ga

譯 我想搭 KTX 去蔚山。請問最早的車是幾點？

B

韓 오후 한 시입니다 .

中 喔乎 憨 西影你嘎

羅 o.hu/han/si.im.ni.da

譯 下午一點。

A

韓 그럼 울산에 가는 편도표 두 장 주세요 .

中 可龍 屋兒三內 卡能 匹呦豆匹呦 土 髒 租誰呦

羅 geu.ro*m/ul.sa.ne/ga.neun/pyo*n.do.pyo/
　du/jang/ju.se.yo

譯 那請給我去蔚山的單程票兩張。

B

韓 표 두 장 여기 있습니다 .

中 匹呦 土 髒 呦可衣 衣森你答

羅 pyo/du/jang/yo*.gi/it.sseum.ni.da
譯 這是您的兩張票。

A

韓 울산에 몇 시에 도착합니까 ?
中 屋兒三內 謬 西 A 頭擦砍你嘎
羅 ul.sa.ne/myo*t/si.e/do.cha.kam.ni.ga
譯 幾點會抵達蔚山呢 ?

B

韓 오후 3 시반에 도착합니다 .
中 喔乎 誰西半內 投擦刊你搭
羅 o.hu/se.si.ba.ne/do.cha.kam.ni.da
譯 下午三點半抵達。

其他好用句   ♪ Track 141

韓 기차역이 어디에 있습니까 ?
中 可衣擦呦可衣 喔滴 A 衣森你嘎
羅 gi.cha.yo*.gi/o*.di.e/it.sseum.ni.ga
譯 請問火車站在哪裡 ?

韓 몇 번 승강장에서 타야 해요 ?
中 謬 崩 生剛長 A 蒐 他呀 黑呦
羅 myo*t/bo*n/seung.gang.jang.e.so*/ta.ya/
   he*.yo
譯 我要在幾號月台搭車 ?

韓 부산행 막차가 몇 시예요 ?
中 鋪山黑恩 罵擦嘎 謬 西耶呦
羅 bu.san.he*ng/mak.cha.ga/myo*t/si.ye.yo

譯 開往釜山的末班車是幾點？

韓 이 열차가 대구행 열차예요 ?
中 衣 呦兒擦嘎 貼估黑恩 呦兒擦耶呦
羅 i/yo*l.cha.ga/de*.gu.he*ng/yo*l.cha.ye.yo
譯 這台列車是開往大邱的車嗎 ?

韓 자리 있습니까 ?
中 差里 衣森你嘎
羅 ri/it.sseum.ni.ga
譯 有坐位嗎 ?

韓 왕복표는 얼마예요 ?
中 王迫匹又能 喔兒媽耶呦
羅 wang.bok.pyo.neun/o*l.ma.ye.yo
譯 往返票多少錢 ?

韓 이 기차표 좀 환불해 주세요 .
中 衣 可衣擦匹呦 綜 歡部類 租誰呦
羅 i/gi.cha.pyo/jom/hwan.bul.he*/ju.se.yo
譯 這張火車票請幫我退費。

韓 더 빠른 열차가 없나요 ?
中 投 爸扔 呦兒擦嘎 翁那呦
羅 do*/ba.reun/yo*l.cha.ga/o*m.na.yo
譯 有更快一點的列車嗎 ?

韓 왕복표로 주세요 .

中 王迫匹又囉 租誰呦
羅 wang.bok.pyo.ro/ju.se.yo
譯 **請給我往返票。**

韓 포항 가는 기차는 몇 시에 출발합니까 ?
中 波夯 卡能 可衣擦能 謬 西 A 粗兒爸憨你嘎
羅 po.hang/ga.neun/gi.cha.neun/myo*t/si.e/
   chul.bal.ham.ni.ga
譯 **往浦項的火車幾點出發?**

韓 부산에 가는 표가 아직 있습니까 ?
中 鋪沙內 卡能 匹又嘎 阿記 衣森你嘎
羅 bu.sa.ne/ga.neun/pyo.ga/a.jik/it.sseum.
   ni.ga
譯 **還有去釜山的火車票嗎?**

韓 제가 기차표를 잃어버렸어요 .
中 賊嘎 可衣擦匹呦惹 衣囉波溜蒐呦
羅 je.ga/gi.cha.pyo.reul/i.ro*.bo*.ryo*.sso*.yo
譯 **我把火車票弄不見了。**

韓 열차 시간표를 어디서 볼 수 있어요 ?
中 呦兒擦 吸乾匹呦惹 喔滴蒐 波兒 酥 衣蒐呦
羅 yo*l.cha/si.gan.pyo.reul/o*.di.so*/bol/su/
   i.sso*.yo
譯 **哪裡可以看火車時刻表?**

韓 마지막 열차 시간이 어떻게 됩니까 ?

中 媽基罵 呦兒擦 西乾你 喔豆 K 腿你嘎
羅 ma.ji.mak/yo*l.cha/si.ga.ni/o*.do*.ke/dwem.
ni.ga
譯 最後一班列車是幾點？

旅遊關鍵字 — 火車

♪ Track 142

單字		拼音
기차역 火車站	羅 中	gi.cha.yo*k 可衣擦又
매표소 售票處	羅 中	me*.pyo.so 妹匹呦蒐
매표원 售票員	羅 中	me*.pyo.won 沒匹呦我恩
시각표 時刻表	羅 中	si.gak.pyo 西咖匹呦
차표 車票	羅 中	cha.pyo 差匹呦
열차 列車	羅 中	yo*l.cha 呦兒擦
철도 鐵路	羅 中	cho*l.do 醜兒斗
차칸 車廂	羅 中	cha.kan 差砍
티켓 자판기 自動售票機	羅 中	ti.ket/ja.pan.gi 踢 K 差盤可衣

렌터카 예약

ren.to*.ka/ye.yak

預約租車

情境對話一 ♪ Track 143

A

韓 차를 빌리고 싶은데요 .

中 差惹 匹兒里溝 西噴貼呦

羅 cha.reul/bil.li.go/si.peun.de.yo

譯 我要租車。

B

韓 예약하셨나요 ?

中 耶押卡休那呦

羅 ye.ya.ka.syo*n.na.yo

譯 您有預約嗎？

A

韓 네 , 일주일 전에 인터넷으로 예약해 두었습
니다 .

中 內 衣兒租衣兒 總內 營頭內思囉 耶押 K 土
喔森你打

羅 ne//il.ju.il/jo*.ne/in.to*.ne.seu.ro/ye.ya.ke*/
du.o*t.sseum.ni.da

譯 有 , 一週前我上網預約好了。

情境對話二 ♪ Track 144

A

韓 어떤 종류의 차를 빌리고 싶으세요 ?

中 喔東 寵了 U 耶 擦惹 匹兒里勾 西噴誰呦

羅 o*.do*n/jong.nyu.ui/cha.reul/bil.li.go/si.peu.se.yo

譯 您想借什麼種類的車？

B
- -
韓 소형자동차를 빌리고 싶습니다 .

中 蒐喝呦恩差東擦惹 匹兒里勾 西不森你打

羅 so.hyo*ng.ja.dong.cha.reul/bil.li.go/sip.sseum.ni.da

譯 我想借小型車。

A
- -
韓 며칠 동안 이용하실 겁니까 ?

中 謬七兒 同安 衣庸哈西兒 拱你嘎

羅 myo*.chil/dong.an/i.yong.ha.sil/go*m.ni.ga

譯 您車子要用多久？

B
- -
韓 오일 동안 쓸 겁니다 .

中 喔衣兒 同安 思兒 拱你打

羅 o.il/dong.an/sseul/go*m.ni.da

譯 我要用五天。

其他好用句   ♪ Track 145

韓 하루에 요금이 얼마입니까 ?

中 哈魯 A 呦跟咪 喔兒媽影你嘎

羅 ha.ru.e/yo.geu.mi/o*l.ma.im.ni.ga

譯 一天的費用是多少錢？

- -

韓 보증금은 얼마입니까 ?

中 波增跟悶 喔兒媽影你嘎
羅 bo.jeung.geu.meun/o*l.ma.im.ni.ga
譯 保證金是多少錢？

韓 보험을 들겠습니다 .
中 波齁悶 特兒給森你答
羅 bo.ho*.meul/deul.get.sseum.ni.da
譯 我要加保險。

韓 저는 국제 면허증 없어요 . 기사가 필요해요 .
中 醜能 苦賊 謬呢喔曾 喔不蒐呦 可衣沙嘎 匹
　　六黑呦
羅 jo*.neun/guk.jje/myo*n.ho*.jeung/o*p.sso*.
　　yo//gi.sa.ga/pi.ryo.he*.yo
譯 我沒有國際駕駛執照，我需要司機。

韓 중형차를 빌리고 싶은데요 .
中 尊呵呦差惹 匹兒里溝 西噴貼呦
羅 jung.hyo*ng.cha.reul/bil.li.go/si.peun.de.yo
譯 我想借中型車。

韓 근처에 주유소가 있어요 ?
中 肯醜 A 租 U 蒐嘎 衣蒐呦
羅 geun.cho*.e/ju.yu.so.ga/i.sso*.yo
譯 附近有加油站嗎？

單字	拼音	
렌터카	羅	ren.to*.ka
租車	中	雷恩頭卡
국제 면허증	羅	guk.jje/myo*n.ho*.jeung
國際駕駛執照	中	苦賊 謬恩齁增
지도	羅	ji.do
地圖	中	漆斗
보험료	羅	bo.ho*m.nyo
保險費用	中	波轟溜
운전하다	羅	un.jo*n.ha.da
開車	中	溫宗哈打
안전벨트	羅	an.jo*n.bel.teu
安全帶	中	安綜貝兒特
가솔린	羅	ga.sol.lin
汽油	中	咖蒐兒林
주차장	羅	ju.cha.jang
停車場	中	租擦掌
타이어	羅	ta.i.o*
輪胎	中	他衣喔
자동차	羅	ja.dong.cha
汽車	中	差東擦
도로	羅	do.ro
道路	中	頭囉
번호판	羅	bo*n.ho.pan
車牌	中	朋齁盤

背包客的菜韓文自由行 **왕**초보
여행 한국어 회화

在 호텔에서
飯店
Chapter 4

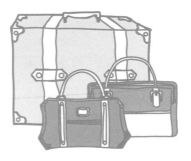

호텔을 예약할 때

ho.te.reul/ye.ya.kal/de*

預約飯店

情境對話

♪ Track 147

A

韓 안녕하십니까? 신라 호텔입니다 .

中 安妞哈新你嘎 新拉 齁貼領你打

羅 an.nyo*ng.ha.sim.ni.ga//sil.la/ho.te.rim.
ni.da

譯 您好 , 這裡是新羅飯店。

B

韓 방을 예약하고 싶습니다 .

中 旁兒 耶呀卡勾 西不森你打

羅 bang.eul/ye.ya.ka.go/sip.sseum.ni.da

譯 我想訂房。

A

韓 언제쯤으로 예약해 드릴까요 ?

中 翁賊正們囉 耶鴨 K 特里兒嘎呦

羅 o*n.je.jjeu.meu.ro/ye.ya.ke*/deu.ril.ga.yo

譯 要幫您預訂什麼時間 ?

B

韓 9 월 10 일부터 9 월 14 일까지 4 박 5 일입
니다 .

中 苦我兒 西逼兒鋪頭 估我兒 西不沙衣兒嘎幾
沙爸喔衣領你答

羅 gu.wol/si.bil.bu.to*/gu.wol/sip.ssa.il.ga.ji/

sa.ba.go.i.rim.ni.da

譯 從 9 月 10 號到 9 月 14 號，五天四夜。

A --------------------------------

韓 더블룸으로 예약해 드릴까요？아니면 싱글룸으로 예약해 드릴까요？

中 頭噴兒魯悶囉 耶鴨 K 特里兒嘎呦 阿逆謬恩 新歌兒魯悶囉 耶鴨 K 特里兒嘎呦

羅 do*.beul.lu.meu.ro/ye.ya.ke*/deu.ril.ga.yo//a.ni.myo*n/sing.geul.lu.meu.ro/ye.ya.ke*/deu.ril.ga.yo

譯 要幫您預約雙人房還是單人房？

B --------------------------------

韓 모두 두 명입니다．더블룸으로 주세요．

中 摸度 吐 謬恩影你打 頭噴兒路悶囉 租誰呦

羅 mo.du/du/myo*ng.im.ni.da//do*.beul.lu.meu.ro/ju.se.yo

譯 我們有兩個人，請給我雙人房。

A --------------------------------

韓 네，성함이 어떻게 되십니까？

中 內 松憨咪 喔豆 K 腿心你嘎

羅 ne//so*ng.ha.mi/o*.do*.ke/dwe.sim.ni.ga

譯 好的，請問您貴姓大名？

B --------------------------------

韓 진준호라고 합니다．

中 金尊齁拉勾 憨你打

羅 jin.jun.ho.ra.go/ham.ni.da

譯 我叫陳俊豪。

A --------------------------------

韓 9 월 10 일부터 9 월 14 일까지 더블룸 하나
　 예약해 드렸습니다 . 기다리고 있겠습니다 .

中 苦我兒 西逼兒鋪頭 苦我兒西沙衣兒嘎幾 頭
　 噴兒路恩 哈那 耶鴨 K 特六森你打 可衣大理
　 溝 衣給森你打

羅 gu.wol/si.bil.bu.to*/gu.wol/sip.ssa.il.ga.ji/
　 do*.beul.lum/ha.na/ye.ya.ke*/deu.ryo*t.
　 sseum.ni.da//gi.da.ri.go/it.get.sseum.ni.da

譯 已經幫您訂好 9 月 10 號到 9 月 14 號一間
　 雙人房。等待您的菈臨。

其他好用句　　　　　　　　　　　　♪ Track 148

韓 방 하나를 예약하고 싶습니다 .

中 旁 哈那惹 耶鴨卡溝 西森你答

羅 bang/ha.na.reul/ye.ya.ka.go/sip.sseum.
　 ni.da

譯 我要訂一間房間。

- -

韓 아직 빈 방이 있습니까 ?

中 阿寄 拼 旁衣 衣森你嘎

羅 a.jik/bin/bang.i/it.sseum.ni.ga

譯 還有空房間嗎？

- -

韓 싱글룸을 예약하고 싶습니다 .

中 新哥兒路悶兒 耶鴨卡勾 西森你打

羅 sing.geul.lu.meul/ye.ya.ka.go/sip.sseum.
　 ni.da

譯 我要預約單人房。

韓 언제쯤 빈 방이 나겠어요?
中 翁賊正 拼 幫衣 那給搜呦
羅 o*n.je.jjeum/bin/bang.i/na.ge.sso*.yo
譯 什麼時候會有空房間?

韓 더블룸은 하루 얼마예요?
中 偷噴兒嚕悶 哈嚕 喔兒媽耶呦
羅 do*.beul.lu.meun/ha.ru/o*l.ma.ye.yo
譯 雙人房一天多少錢?

韓 일박을 할 겁니다.
中 衣兒爸歌 哈兒 拱你打
羅 il.ba.geul/hal/go*m.ni.da
譯 我要住一晚。

韓 그건 제일 싼 방입니까?
中 可拱 賊衣兒 三 旁影你嘎
羅 geu.go*n/je.il/ssan/bang.im.ni.ga
譯 那是最便宜的房間嗎?

韓 다음 주 금요일에 묵을 방을 예약하고 싶은 데요.
中 他恩 租 可謬衣類 目哥兒 旁兒 耶押卡勾 西 噴貼呦
羅 da.eum/ju/geu.myo.i.re/mu.geul/bang.eul/ ye.ya.ka.go/si.peun.de.yo
譯 我想預約下星期五要住的房間。

韓 좀 더 싼 방은 없습니까?
中 綜 投 三 旁恩 喔不森你嘎
羅 jom/do*/ssan/bang.eun/o*p.sseum.ni.ga
譯 沒有更便宜一點的房間嗎?

韓 이번 주말에 방이 있을까요?
中 衣崩 租媽類 旁衣 衣奢嘎呦
羅 i.bo*n/ju.ma.re/bang.i/i.sseul.ga.yo
譯 這週末有房間嗎?

韓 오래 묵으면 할인이 됩니까?
中 喔類 目歌謬恩 哈林你 腿你嘎
羅 o.re*/mu.geu.myo*n/ha.ri.ni/dwem.ni.ga
譯 住久一點有折扣嗎?

韓 아침 식사는 포함됩니까?
中 阿侵 夕沙能 波憨腿你嘎
羅 a.chim/sik.ssa.neun/po.ham.dwem.ni.ga
譯 有包含早餐嗎?

韓 아침 식사 없이는 얼마예요?
中 阿親 細沙 喔不西能 喔兒媽耶呦
羅 a.chim/sik.ssa/o*p.ssi.neun/o*l.ma.ye.yo
譯 不包含早餐是多少錢?

韓 그럼 그 방으로 하겠습니다.
中 可龍 可 旁兒囉 哈給森你打

羅 geu.ro*m/geu/bang.eu.ro/ha.get.sseum.
ni.da

譯 那我要這間房間。

韓 예약 확인 좀 해 주세요 .

中 耶押 花可銀恩 綜 黑 租誰呦

羅 ye.yak/hwa.gin/jom/he*/ju.se.yo

譯 我要確認訂房。

韓 진준호라는 이름으로 더블룸 하나를 예약했
습니다 .

中 金尊麴拉能 衣冷悶囉 頭噴兒路恩 哈那惹 耶
押 K 森你打

羅 jin.jun.ho.ra.neun/i.reu.meu.ro/do*.beul.
lum/ha.na.reul/ye.ya.ke*t.sseum.ni.da

譯 我用陳俊豪的名字訂了一間雙人房。

원하는 방을 말할 때

won.ha.neun/bang.eul/mal.hal/de*

説明自己想要的房間

A

韓 어떤 방을 원하십니까 ?

中 喔東 旁兒 我那新你嘎

羅 o*.do*n/bang.eul/won.ha.sim.ni.ga

譯 您要什麼樣的房間 ?

B

韓 전망이 좋은 방을 주세요 .

中 重忙衣 醜恩 旁兒 租誰呦

羅 jo*n.mang.i/jo.eun/bang.eul/jju.se.yo

譯 請給我景觀不錯的房間。

A

韓 6 층에 있는 방이 어떻습니까 ? 여기 해변이
다 보입니다 .

中 U 層 A 影能 旁衣 喔豆森你嘎 呦可衣 黑匹
呦你 他 波影你答

羅 yuk.cheung.e/in.neun/bang.i/o*.do*.sseum.
ni.ga//yo*.gi/he*.byo*.ni/da/bo.im.ni.da

譯 那六樓的房間怎麼樣 ? 可以看到這裡的海邊。

A

韓 1 박에 10 만원 이하인 방이 있습니까 ?

中 衣兒爸給 心恩蠻我 衣哈銀 旁衣 衣森你嘎

羅 il.ba.ge/sim.ma.nwon/i.ha.in/bang.i/
it.sseum.ni.ga

譯 有一個晚上 10 萬韓圜以內的房間嗎？

B

韓 죄송합니다만 저희 호텔 제일 싼 더블룸은
일박에 12 만원입니다 .

中 崔松憨你打慢 醜呵衣 齁貼兒 賊衣兒 三 頭
噴兒路悶 衣兒爸給 西逼蠻我 您你打

羅 jwe.song.ham.ni.da.man/jo*.hi/ho.tel/je.il/
ssan/do*.beul.lu.meun/il.ba.ge/si.bi.
ma.nwoniṇi.ni.da

譯 對不起，我們飯店最便宜的雙人房是一晚
12 萬韓圜。

A

韓 그렇습니까 ? 그럼 방 좀 볼 수 있을까요 ?

中 可龍森你嘎 可龍 旁 綜 波兒 酥 衣奢嘎呦

羅 geu.ro*.sseum.ni.ga//geu.ro*m/bang/jom/
bol/su/i.sseul.ga.yo

譯 這樣阿，那可以看一下房間嗎？

B

韓 물론입니다 . 잠시만 기다려 주십시오 .

中 目兒囉您你打 蟬西慢 可衣答溜 租西不休

羅 mul.lo.nim.ni.da./jam.si.man/gi.da.ryo*/
ju.sip.ssi.o

譯 當然可以，請您稍等一會。

其他好用句   ♪ Track 151

韓 위쪽에 있는 방이 좋겠습니다 .
中 屋衣走給 引能 旁衣 醜 K 森你答
羅 wi.jjo.ge/in.neun/bang.i/jo.ket.sseum.ni.da
譯 我希望是樓上的房間。

韓 방에 목욕탕은 딸려 있습니까 ?
中 旁 A 末個呦燙恩 搭兒溜 衣森你嘎
羅 bang.e/mo.gyok.tang.eun/dal.lyo*/it.sseum.
ni.ga
譯 房間裡有浴缸嗎？

韓 깨끗하고 조용한 방으로 주세요 .
中 給歌他勾 醜庸憨 旁兒囉 租誰呦
羅 ge*.geu.ta.go/jo.yong.han/bang.eu.ro/ju.se.yo
譯 請給我安靜又安靜的房間。

韓 넓고 환한 방으로 주세요 .
中 呢喔兒夠 歡憨 旁兒囉 租誰呦
羅 no*p.go/hwan.han/bang.eu.ro/ju.se.yo
譯 請給我寬敞又明亮的房間。

韓 1 인용 침대 둘 있는 방으로 예약을 하고 싶
습니다 .
中 衣林用 親貼 兔兒 引能 旁兒囉 耶鴨歌 哈溝
西森你答
羅 i.ri.nyong/chim.de*/dul/in.neun/bang.eu.ro/
ye.ya.geul/ha.go/sip.sseum.ni.da
譯 我想預約有兩個單人床的房間。

單字	拼音	
가격 價格	羅 中	ga.gyo*k 咖個又
비용 표준 收費標準	羅 中	ga.bi.yong/pyo.jun 匹庸 匹呦尊
성수기 旺季	羅 中	so*ng.su.gi 松酥可衣
비수기 淡季	羅 中	bi.su.gi 匹酥可衣
객실 客房	羅 中	ge*k.ssil K 西兒
숙박비 住宿費	羅 中	suk.bak.bi 素爸逼
선불 先付款 / 預付	羅 中	so*n.bul 松部兒
조식 포함 包含早餐	羅 中	jo.sik/po.ham 醜夕 波憨
더블 베드 雙人床	羅 中	do*.beul/be.deu 投噴兒 貝的
싱글 베드 單人床	羅 中	sing.geul/be.deu 新歌兒 貝的

예약 변경 및 취소

ye.yak/byo*n.gyo*ng/mit/chwi.so

變更及取消訂房

A

韓 방 예약을 취소하고 싶습니다 .

中 旁 耶押歌 崔蒐哈勾 西森你答

羅 bang/ye.ya.geul/chwi.so.ha.go/sip.sseum.
ni.da

譯 我想取消訂房。

B

韓 네 , 예약 번호하고 성함을 가르쳐 주십시오 .

中 內 耶押 朋齁哈勾 松憨悶兒 卡了秋 租西不休

羅 ne//ye.yak/bo*n.ho.ha.go/so*ng.ha.meul/
ga.reu.cho*/ju.sip.ssi.o

譯 好的 , 請告訴我您的訂房編號與姓名。

A

韓 예약 번호는 A2345 이고 이름은 진준호입니
다 .

中 耶押 朋齁能 A 衣三沙喔衣勾 衣冷悶 金尊齁
影你打

羅 ye.yak/bo*n.ho.neun/A.i.sam.sa.o.i.go/
i.reu.meun/jin.jun.ho.im.ni.da

譯 訂房編號是 A2345 , 名字是陳俊豪。

B

韓 방 예약을 취소해 드렸습니다 . 다시 방이 필

요하시면 언제든지 전화해 주세요 . 감사합니다 .

中 旁 耶押哥兒 崔蒐黑 特六森你答 他西 旁衣匹六哈西謬恩 翁賊等幾 寵花黑 租誰呦 砍殺憨你打

羅 bang/ye.ya.geul/chwi.so.he*/deu.ryo*t.
sseum.ni.da//da.si/bang.i/pi.ryo.ha.si.
myo*n/o*n.je.deun.ji/jo*n.hwa.he*/ju.se.yo//
gam.sa.ham.ni.da

譯 房間已經幫您取消了 , 如果您還需要用房 , 請隨時撥電話過來。謝謝您。

情境對話二　　　　　　　　　♪ Track 154

A --

韓 예약 변경을 부탁하고 싶습니다 .

中 耶押 匹呦恩葛呦兒 鋪他卡勾 西森你打

羅 ye.yak/byo*n.gyo*ng.eul/bu.ta.ka.go/sip.
sseum.ni.da

譯 我想變更訂房。

B --

韓 네 , 어떻게 변경해 드릴까요 ?

中 內 喔豆 K 匹呦恩葛呦黑 特里兒嘎呦

羅 ne//o*.do*.ke/byo*n.gyo*ng.he*/deu.ril.
ga.yo

譯 好的 , 要如何幫您更改呢 ?

A --

韓 싱글룸으로 예약해 두었는데 더블룸으로 바꿔 주시겠어요 ?

中 新哥兒路悶囉 耶押 K 土喔能貼 頭噴兒路悶
囉 怕郭 租西給搜呦

羅 sing.geul.lu.meu.ro/ye.ya.ke*/du.o*n.neun.
de/do*.beul.lu.meu.ro/ba.gwo/ju.si.ge.sso*.yo

譯 我原本是訂單人房，可以幫我改成雙人房嗎？

B

韓 잠시만 기다려 주세요 . 지금 확인해 드리겠
습니다 .

中 蟬西慢 可衣他六 租誰呦 七跟恩 花可贏黑
特里給森你打

羅 jam.si.man/gi.da.ryo*/ju.se.yo//ji.geum/
hwa.gin.he*/deu.ri.get.sseum.ni.da

譯 請您稍等，我現在幫您確認。

A

韓 네 , 고맙습니다 .

中 內 口媽不森你打

羅 ne//go.map.sseum.ni.da

譯 好，謝謝。

情境對話三   ♪ Track 155

A

韓 저는 예약하지 않았습니다 . 지금 빈 방이
있습니까 ?

中 醜能 耶押卡雞 安那森你打 七跟恩 拼 幫衣
衣森你嘎

羅 jo*.neun/ye.ya.ka.ji/a.nat.sseum.ni.da//
ji.geum/bin/bang.i/it.sseum.ni.ga

譯 我沒有預約。現在還有空房間嗎？

B

韓 죄송하지만 지금은 빈 방이 없습니다 .

中 崔松哈幾慢 七跟悶 拼 幫衣 喔不森你打

羅 jwe.song.ha.ji.man/ji.geu.meun/bin/bang.i/
o*p.sseum.ni.da

譯 對不起 , 現在沒有空房。

A

韓 그래요 ? 혹시 이 근처에 다른 호텔이 있습
니까 ?

中 可類呦 後西 衣 肯醜 A 他冷 齁貼里 衣森你嘎

羅 geu.re*.yo//hok.ssi/i/geun.cho*.e/da.reun/
ho.te.ri/it.sseum.ni.ga

譯 是嗎 ? 請問這附近有其他飯店嗎 ?

체크인할 때

che.keu.in.hal/de*

入住

♪ Track 156

情境對話

A

韓 안녕하세요 . 뭘 도와 드릴까요 ?

中 安妞哈誰呦 摸兒 頭挖 特里兒嘎呦

羅 an.nyo*ng.ha.se.yo//mwol/do.wa/deu.ril.
ga.yo

譯 您好 , 能幫您什麼忙 ?

B

韓 체크인을 하려고 해요 .

中 疵 A 科銀兒 哈六勾 黑呦

羅 che.keu.i.neul/ha.ryo*.go/he*.yo

譯 我要 check in。

A

韓 예약하셨나요 ?

中 耶押卡休那呦

羅 ye.ya.ka.syo*n.na.yo

譯 您預約了嗎 ?

B

韓 이틀 예약했습니다 . 제 이름은 진준호입니다 .

中 衣特兒 耶押 K 森你打 賊 衣了悶恩 金尊齁
影你打

羅 i.teul/ye.ya.ke*t.sseum.ni.da//je/i.reu.meun/
jin.jun.ho.im.ni.da

譯 我預訂了兩天，我的名字是陳俊豪。

A

韓 더블룸 하나죠 ? 여기에 성함하고 여권 번호
를 기입해 주세요 .

中 頭噴兒路恩 哈那救 呦可衣 A 松憨哈勾 呦果
恩 朋齁惹 可衣衣配 租誰呦

羅 do*.beul.lum/ha.na.jyo//yo*.gi.e/so*ng.ham.
ha.go/yo*.gwon/bo*n.ho.reul/gi.i.pe*/ju.se.yo

譯 一間雙人房對吧 ? 請在這裡寫上您的姓名與
護照號碼。

A

韓 손님 방은 356 호실입니다 . 이게 방 열쇠입
니다 .

中 松您恩 旁恩 三貝狗西 U 口西領你打 衣給
旁 呦兒雖影你打

羅 son.nim/bang.eun/sam.be*.go.si.byu.ko.si.
rim.ni.da//i.ge bang yo*l.swe.im.ni.da

譯 您的房間是 356 號房 , 這是房間鑰匙。

B

韓 고맙습니다 . 참 , 아침 식사는 몇 시부터입니까 ?

中 口媽不森你打 餐恩 阿親恩 細沙能 謬 西鋪
頭影你嘎

羅 go.map.sseum.ni.da//cham/a.chim/sik.ssa.
neun/myo*t/si.bu.to*.im.ni.ga

譯 謝謝。對了 , 早餐從幾點開始 ?

A

韓 아침 6 시부터 10 시까지는 아침 식사가 가
능합니다 . 식당은 일층에 있습니다 .

中 阿親恩 呦搜西鋪投 呦兒西嘎幾能 阿親恩 細
沙嘎 卡能憨你打 系當恩 衣兒層 A 衣森你打

羅 a.chim/yo*.so*t.ssi.bu.to*/yo*l.si.ga.ji.neun/
a.chim/sik.ssa.ga/ga.neung.ham.ni.da//
sik.dang.eun/il.cheung.e/it.sseum.ni.da

譯 早餐是從早上 6 點到 10 點。餐廳在一樓。

B ----------

韓 알겠습니다 . 제 방은 삼층이죠 ?

中 阿兒給森你打 賊 旁恩 三層衣救

羅 al.get.sseum.ni.da//je/bang.eun/sam.
cheung.i.jyo

譯 了解了 , 我的房間在三樓對吧 ?

A ----------

韓 네 , 삼층입니다 . 다른 필요한 건 있으시면
언제든지 알려 주세요 .

中 內 三層影你打 他冷 匹六憨 拱 衣思西謬恩
翁賊等幾 阿兒六 租誰呦

羅 ne//sam.cheung.im.ni.da//da.reun/pi.ryo.
han/go*n/i.sseu.si.myo*n/o*n.je.deun.ji/
al.lyo*/ju.se.yo

譯 是的 , 是三樓。若您還有其他需要 , 請隨時
告訴我們。

其他好用句 ♪ Track 157

韓 짐을 방까지 옮겨 주시겠어요 ?

中 親悶 旁嘎記 翁個呦 租西給搜呦

羅 ji.meul/bang.ga.ji/om.gyo*/ju.si.ge.sso*.yo

譯 可以幫我把行李搬到房間嗎 ?

韓 체크아웃 시간이 몇 시죠？
中 疵耶科阿屋 西趕你 謬 西救
羅 che.keu.a.ut/si.ga.ni/myo*t/si.jyo
譯 退房的時間是幾點？

旅遊關鍵字 — 入住

♪ Track 158

單字	拼音	
대문 大門	羅 中	de*.mun 貼目恩
로비 大廳	羅 中	ro.bi 囉逼
사환 服務員	羅 中	sa.hwan 沙緩
비상 출구 緊急出口	羅 中	bi.sang/chul.gu 匹商 粗兒古
지배인 經理	羅 中	ji.be*.in 七培銀
체크인 카드 登記卡	羅 中	che.keu.in/ka.deu 疵耶可銀 卡的
방 번호 房間號碼	羅 中	bang/bo*n.ho 旁 朋齁
카드 열쇠 房卡鑰匙	羅 中	ka.deu/yo*l.swe 卡的 呦兒雖

호텔 서비스

ho.tel/so*.bi.seu

飯店服務

A

韓 실례합니다 , 여기에 귀중품을 맡겨도 되겠
어요 ?

中 西兒類憨你打 呦可衣 A 虧尊鋪悶兒 罵個呦
豆 腿給搜呦

羅 sil.lye.ham.ni.da//yo*.gi.e/gwi.jung.pu.meul/
mat.gyo*.do/dwe.ge.sso*.yo

譯 不好意思 , 請問這裡可以保管貴重物品嗎 ?

B

韓 물론입니다 . 맡기실 물건은 이 박스 안에 넣
어 주세요 .

中 目兒囉您你打 罵個衣西兒 目兒拱能 衣 爸思
安內 樓喔 租誰呦

羅 mul.lo.nim.ni.da//mat.gi.sil/mul.go*.neun/i/
bak.sseu/a.ne/no*.o*/ju.se.yo

譯 當然可以。請將您要保管的物品裝入這個箱
子內。

B

韓 그리고 여기에 성함과 방 번호를 써 주세요 .
언제까지 맡겨 두실 겁니까 ?

中 可里勾 呦可衣 A 松憨瓜 旁 朋齁惹 搜 租誰
呦 翁賊嘎雞 罵個呦 土西兒 拱你嘎

羅 geu.ri.go/yo*.gi.e/so*ng.ham.gwa/bang/
bo*n.ho.reul/sso*/ju.se.yo//o*n.je.ga.ji/mat.
gyo*/du.sil/go*m.ni.ga

譯 還有請在這裡寫上您的姓名與房間號碼。您
要保管到什麼時候呢？

A

韓 이 번주 수요일까지예요 .

中 衣 崩租 酥呦衣兒嘎幾耶呦

羅 i/bo*n.ju/su.yo.il.ga.ji.ye.yo

譯 到這週三為止。

情境對話二 ♪ Track 160

A

韓 여기 세탁 서비스 됩니까 ?

中 呦可衣 誰他 搜逼思 腿你嘎

羅 yo*.gi/se.tak/so*.bi.seu/dwem.ni.ga

譯 這裡有洗衣服務嗎？

B

韓 네 , 됩니다 . 지금 세탁 서비스를 이용하시
겠어요 ?

中 內 腿你打 七跟恩 誰他 搜逼思惹 衣庸哈西
給搜呦

羅 ne//dwem.ni.da//ji.geum/se.tak/so*.bi.seu.
reul/i.yong.ha.si.ge.sso*.yo

譯 有的 , 您現在要送洗衣服嗎？

A

韓 지금은 아닙니다 . 필요하면 다시 전화하겠
습니다 .

中 七跟悶恩 阿您你打 匹六哈謬恩 他西 寵花哈
　　給森你打

羅 ji.geu.meun/a.nim.ni.da//pi.ryo.ha.myo*n/
　　da.si/jo*n.hwa.ha.get.sseum.ni.da

譯 不是現在，我有需要會再打電話過去。

其他好用句

♪ Track 161

韓 제 방을 청소해 주십시오 .
中 賊 旁兒 聰蒐黑 租西不西呦
羅 je/bang.eul/cho*ng.so.he*/ju.sip.ssi.o
譯 請打掃一下我的房間。

韓 팩스가 있습니까 ?
中 配思嘎 衣森你嘎
羅 pe*k.sseu.ga/it.sseum.ni.ga
譯 有傳真機嗎？

韓 관내 설비에 대해 가르쳐 주세요 .
中 館內 蒐兒逼 A 貼黑 卡了秋 租誰呦
羅 gwan.ne*/so*l.bi.e/de*.he*/ga.reu.cho*/
　　ju.se.yo
譯 請為我介紹館內的設施。

韓 오후 2 시에 택시를 불러 주세요 .
中 喔乎 土西 A 鐵夕惹 鋪兒囉 租誰呦
羅 o.hu/du.si.e/te*k.ssi.reul/bul.lo*/ju.se.yo
譯 下午兩點請幫我叫計程車。

韓 수영장은 어디에 있습니까 ?
中 蘇庸漲恩 喔滴 A 衣森你嘎
羅 su.yo*ng.jang.eun/o*.di.e/it.sseum.ni.ga
譯 游泳池在哪裡 ?

韓 대만으로 전화를 하고 싶은데요 .
中 貼慢呢囉 寵花惹 哈勾 西噴貼呦
羅 de*.ma.neu.ro/jo*n.hwa.reul/ha.go/si.peun.
　　de.yo
譯 我想打電話到台灣。

韓 여기는 컴퓨터를 이용할 수 있습니까 ?
中 呦可衣能 恐噴 U 頭惹 衣庸哈兒 酥 衣森你嘎
羅 yo*.gi.neun/ko*m.pyu.to*.reul/i.yong.hal/
　　ssu/it.sseum.ni.ga
譯 這裡可以使用電腦嗎 ?

韓 여기는 와이파이를 사용할 수 있습니까 ?
中 呦可衣能 哇衣怕衣惹 沙庸哈兒 酥 衣森你嘎
羅 yo*.gi.neun/wa.i.pa.i.reul/ssa.yong.hal/ssu/
　　it.sseum.ni.ga
譯 這裡可以使用 Wi-Fi 嗎 ?

韓 호텔 명함 하나 주시겠습니까 ?
中 齁貼兒 謬恩憨 哈那 租西給森你嘎
羅 ho.tel/myo*ng.ham/ha.na/ju.si.get.sseum.
　　ni.ga
譯 可以給我一張飯店的名片嗎 ?

韓 호텔에 편의점이 있습니까？

中 齁貼類 匹呦你總咪 衣森你嘎

羅 ho.te.re/pyo*.nui.jo*.mi/it.sseum.ni.ga

譯 飯店裡有便利商店嗎？

韓 근처에 맛있는 한식집이 있습니까？

中 肯醜 A 嗎新能 憨系幾逼 衣森你嘎

羅 geun.cho*.e/ma.sin.neun/han.sik.jji.bi/
it.sseum.ni.ga

譯 附近有好吃的韓式料理店嗎？

韓 정수기가 있습니까？

中 寵酥可衣嘎 衣森你嘎

羅 jo*ng.su.gi.ga/it.sseum.ni.ga

譯 有飲水機嗎？

單字	拼音	
프런트데스크 服務台	羅 中	peu.ro*n.teu.de.seu.keu 噴龍特貼思可
연회장 宴會廳	羅 中	yo*n.hwe.jang 庸灰長
커피숍 咖啡廳	羅 中	ko*.pi.syop 口匹休不
레스토랑 餐廳	羅 中	re.seu.to.rang 類思投郎
식당 餐館	羅 中	sik.dang 夕當
벨보이 行李員	羅 中	bel.bo.i 培兒波衣
종업원 服務員	羅 中	jong.o*.bwon 寵喔波恩
노래방 卡拉 OK 包廂	羅 中	no.re*.bang 呢喔類棒
헬스클럽 健身房	羅 中	hel.seu.keul.lo*p 黑兒思科兒囉不
바 酒吧	羅 中	ba 爸
수영장 游泳池	羅 中	su.yo*ng.jang 蘇庸漲

룸 서비스
rum/so*.bi.seu

客房服務

情境對話

♪ Track 163

A

韓 모닝콜을 부탁합니다 .

中 摸您口惹 鋪他砍你答

羅 mo.ning.ko.reul/bu.ta.kam.ni.da

譯 我要求 Morning Call 的服務。

B

韓 몇 시에 깨워 드릴까요 ?

中 謬 西 A 給我 特理兒嘎呦

羅 myo*t/si.e/ge*.wo/deu.ril.ga.yo

譯 要幾點叫醒您呢 ?

A

韓 내일 아침 8 시반에 깨워 주셨으면 해요 .

中 內衣兒 阿親恩 呦兜兒西半內 給我 租休思謬 恩 黑呦

羅 ne*.il/a.chim/yo*.do*p.ssi.ba.ne/ge*.wo/
ju.syo*.sseu.myo*n/he*.yo

譯 希望您明天早上八點半叫醒我。

B

韓 성함하고 방 번호를 가르쳐 주십시오 .

中 松憨哈勾 旁 朋鮹惹 卡了秋 組西不休

羅 so*ng.ham.ha.go/bang/bo*n.ho.reul/ga.reu.
cho*/ju.sip.ssi.o

譯 請告訴我您的姓名與房間號碼。

A

韓 제 이름은 진준호이고 방 번호는 356 호실 입니다 .

中 賊 衣了悶恩 金尊齁衣勾 旁 朋齁能 三貝狗 西 U 摳西領你打

羅 je/i.reu.meun/jin.jun.ho.i.go/bang/bo*n.ho.neun/sam.be*.go.si.byu.ko.si.rim.ni.da

譯 我的名字是陳俊豪，房間號碼是 356 號房。

B

韓 알겠습니다 . 더 필요하신 게 있으세요 ?

中 阿給森你打 頭 匹溜哈新 給 衣思誰呦

羅 al.get.sseum.ni.da//do*/pi.ryo.ha.sin/ge/i.sseu.se.yo

譯 知道了，您還需要其他服務嗎？

A

韓 없습니다 . 고맙습니다 .

中 喔不森你答 口媽森你打

羅 o*p.sseum.ni.da//go.map.sseum.ni.da

譯 沒有了，謝謝。

其他好用句 ♪ Track 164

韓 룸 서비스가 아직 안 왔는데요 .

中 魯恩 蒐逼思嘎 阿寄 安 挖能貼呦

羅 rum/so*.bi.seu.ga/a.jik/an/wan.neun.de.yo

譯 客房服務還沒來。

韓 옷 세탁을 부탁하고 싶은데요 .

中 屋 誰他歌 鋪他卡溝 西噴鐵呦
羅 ot/se.ta.geul/bu.ta.ka.go/si.peun.de.yo
譯 我想要洗衣服。

韓 따뜻한 커피 두 잔 갖다 주시겠어요 ?
中 答的貪 口匹 土 髒 卡答 租西給搜呦
羅 da.deu.tan/ko*.pi/du/jan/gat.da/ju.si.
ge.sso*.yo
譯 可以幫我送兩杯熱咖啡來嗎 ?

韓 종업원을 제 방으로 불러 줄 수 있습니까 ?
中 宗喔跛呢 賊 旁兒囉 鋪兒囉 租兒 蘇 衣森你
嘎
羅 jong.o*.bwo.neul/jje/bang.eu.ro/bul.lo*/jul/
su/it.sseum.ni.ga
譯 可以請服務員來我房間一趟嗎 ?

韓 베개 하나 더 주시겠어요 ?
中 陪給 哈那 投 租西給搜呦
羅 be.ge*/ha.na/do*/ju.si.ge.sso*.yo
譯 可以再給我一個枕頭嗎 ?

單字		拼音
침대 床	羅 中	chim.de* 親貼
램프 燈	羅 中	re*m.peu 累恩噴
침대 시트 床單	羅 中	chim.de*/si.teu 親貼 西特
이불 棉被	羅 中	i.bul 衣鋪兒
베개 枕頭	羅 中	be.ge* 賠給
담요 毛毯	羅 中	dam.nyo 他謬恩
화장대 梳妝台	羅 中	hwa.jang.de* 花醬貼
옷걸이 衣架	羅 中	ot.go*.ri 喔溝理
벽장 壁櫥	羅 中	byo*k.jjang 噴又漲
창문 커튼 窗簾	羅 中	chang.mun/ko*.teun 倉木恩 叩騰
소파 沙發	羅 中	so.pa 蒐怕

불편사항

bul.pyo*n.sa.hang

不便狀況

情境對話一　　　　　　　　　♪ Track 166

A

韓 여기는 356 호실입니다 . 죄송하지만 종업
　 원 한 명 보내 주시겠어요 ?

中 呦可衣能 三貝狗西 U 摳西領你打 崔松哈幾
　 慢 重喔撥恩 憨 謬恩 波內 租西給搜呦

羅 yo*.gi.neun/sam.be*.go.si.byu.ko.si.rim.
　 ni.da//jwe.song.ha.ji.man/jong.o*.bwon/
　 han/myo*ng/bo.ne*/ju.si.ge.sso*.yo

譯 這裡是 356 號房。不好意思 , 可以請一位服
　 務員過來嗎 ?

B

韓 무슨 문제라도 있어요 ?

中 目森 目恩賊拉豆 衣搜呦

羅 mu.seun/mun.je.ra.do/i.sso*.yo

譯 有什麼問題嗎 ?

A

韓 제가 부주의로 컵 하나를 깨뜨렸어요 . 와서
　 좀 처리해 주세요 .

中 賊嘎 鋪租衣囉 口不 哈那惹 給的六搜呦 哇
　 搜 綜 抽理黑 租誰呦

羅 je.ga/bu.ju.ui.ro/ko*p/ha.na.reul/ge*.deu.
　 ryo*.sso*.yo//wa.so*/jom/cho*.ri.he*/ju.se.yo

譯 我不小心把杯子摔破了，請過來處理一下。

B

韓 알겠습니다 . 바로 사람을 보내 드리겠습니다 .

中 阿兒給森你打 怕囉 沙拉悶兒 波內 特里給森
你打

羅 al.get.sseum.ni.da//ba.ro/sa.ra.meul/
bo.ne*/deu.ri.get.sseum.ni.da

譯 好的，會馬上派人過去。

情境對話二   ♪ Track 167

A

韓 TV 화면이 안 나와요 . 리모컨 사용법 좀 가
르쳐 주세요 .

中 TV 花謬你 安 那哇呦 里摸恐 沙庸撥不 綜 卡
了秋 租誰呦

羅 tv.hwa.myo*.ni/an/na.wa.yo//ri.mo.ko*n/
sa.yong.bo*p/jom/ga.reu.cho*/ju.se.yo

譯 電視的畫面出不來，請教教我遙控的使用方法。

B

韓 거기는 356 호실이죠 ? 잠시만 기다려 주세
요 . 제가 거기로 가겠습니다 .

中 口可衣能 三貝狗西 U 摳西里救 禪西慢 可衣
他六 租誰呦 賊嘎 口可衣囉 卡給森你打

羅 go*.gi.neun/sam.be*.go.si.byu.ko.si.ri.jyo//
jam.si.man/gi.da.ryo*/ju.se.yo//je.ga/go*.
gi.ro/ga.get.sseum.ni.da

譯 那裡是 356 號房吧？請您稍等一下，我馬上
過去。

韓　여기 담배 냄새가 너무 심해요 . 방을 바꾸고
　　싶어요 .

中　呦可衣 彈貝 類恩誰嘎 樓目 新妹呦 旁兒 怕
　　估勾 西波呦

羅　yo*.gi/dam.be*/ne*m.se*.ga/no*.mu/sim.
　　he*.yo//bang.eul/ba.gu.go/si.po*.yo

譯　這裡菸味很重 , 我想換房間。

韓　키를 방 안에 두고 나왔어요 .

中　可衣惹 旁 安內 土溝 那哇搜呦

羅　ki.reul/bang/a.ne/du.go/na.wa.sso*.yo

譯　我把鑰匙放在房間裡了。

韓　온수가 나오지 않아요 .

中　翁酥嘎 那喔幾 安那呦

羅　on.su.ga/na.o.ji/a.na.yo

譯　沒有熱水。

韓　제 여권이 없어졌어요 . 같이 좀 찾아 주세요 .

中　賊 呦果你 喔不搜救搜呦 卡器 綜 擦渣 租誰呦

羅　je/yo*.gwo.ni/o*p.sso*.jo*.sso*.yo./ga.chi/
　　jom/cha.ja/ju.se.yo

譯　我的護照不見了 , 請幫我一起找找。

韓　옆 방이 너무 시끄럽습니다 .

中　呦不 旁衣 樓目 西哥囉不森你打

羅　yo*p/bang.i/no*.mu/si.geu.ro*p.sseum.ni.da

譯 隔壁房太吵了。

韓 난방이 잘 안 돼서 방이 추워요.
中 男幫衣 差兒 安 對搜 旁衣 粗我呦
羅 nan.bang.i/jal/an/dwe*.so*/bang.i/chu.wo.yo
譯 暖房設備有問題，房間很冷。

旅遊關鍵字 ── 房間電器　　　♪ Track 169

單字		拼音
텔레비전 電視	羅 中	tel.le.bi.jo*n 貼兒類逼總
전화기 電話	羅 中	jo*n.hwa.gi 寵花可依
헤어드라이어 吹風機	羅 中	he.o*.deu.ra.i.o* 黑喔的拉衣喔
비누 肥皂	羅 中	bi.nu 匹努
샴푸 洗髮精	羅 中	syam.pu 香鋪
칫솔 牙刷	羅 中	chit.ssol 七蒐兒

체크아웃할 때

che.keu.a.u.tal/de*

退房

A

韓 체크아웃하려고 합니다 . 356 호실입니다 .

中 疵耶科阿屋他呦勾 憨你打 三貝狗西 U 摳西
　領你打

羅 che.keu.a.u.ta.ryo*.go/ham.ni.da//sam.be*.
　go.si.byu.ko.si.rim.ni.da

譯 我要退房，我是 356 號房。

B

韓 진준호 님이죠 ? 방 열쇠를 주십시오 .

中 金尊鮈 你咪救 旁 呦兒雖惹 租西不西喔

羅 jin.jun.ho/ni.mi.jyo//bang/yo*l.swe.reul/jju.
　sip.ssi.o

譯 您是陳俊豪先生對吧？請給我房間鑰匙。

B

韓 방 값이 세금과 서비스 요금을 포함해서 모
　두 25 만원입니다 .

中 旁 卡不西 誰跟瓜 搜逼思 呦個悶兒 波憨黑
　搜 摸肚 衣西波慢我您你打

羅 bang/gap.ssi/se.geum.gwa/so*.bi.seu/
　yo.geu.meul/po.ham.he*.so*/mo.du/i.si.
　bo.ma.nwo.nim.ni.da

譯 房間價格包含稅金和服務費用，總共是 25

萬韓圜。

A

韓 이 요금은 뭐예요?

中 衣 呦跟悶恩 摸耶呦

羅 i/yo.geu.meun/mwo.ye.yo

譯 這個費用是什麼?

B

韓 세탁 요금과 국제전화 요금입니다.

中 誰他 呦跟恩瓜 苦賊重花 呦跟敏你打

羅 se.tak/yo.geum.gwa/guk.jje.jo*n.hwa/
yo.geu.mim.ni.da

譯 是您洗衣的費用和打國際電話的費用。

A

韓 카드로 지불할게요.

中 卡特囉 七不兒哈兒給呦

羅 ka.deu.ro/ji.bul.hal.ge.yo

譯 我要刷卡。

B

韓 여기에 사인을 해 주십시오.

中 呦可衣Ａ 沙衣呢兒 黑租西不休

羅 yo*.gi.e/sa.i.neul/he*/ju.sip.ssi.o

譯 請您在這裡簽名。

A

韓 지금 공항에 갈 거니까 택시 좀 불러 주세요.

中 七跟恩 空夯Ａ 卡兒 勾你嘎 貼西 綜 鋪兒囉
租誰呦

羅 ji.geum/gong.hang.e/gal/go*.ni.ga/te*k.ssi/
jom/bul.lo*/ju.se.yo

譯 我現在要去機場，請幫我叫計程車。

♪ Track 171

其他好用句

韓 하루 더 머물 수 있을까요 ?
中 哈魯 頭 摸目兒 酥 衣奢 嘎呦
羅 ha.ru/do*/mo*.mul/su/i.sseul.ga.yo
譯 我可以再多住一天嗎？

- -

韓 이틀 앞당겨 가려고 합니다 .
中 衣特兒 阿當可呦 卡溜溝 憨你答
羅 i.teul/ap.dang.gyo*/ga.ryo*.go/ham.ni.da
譯 我要提早兩天走。

- -

韓 제 짐을 로비로 옮겨 주세요 .
中 賊 漆悶 囉逼囉 翁個呦 租誰呦
羅 je/ji.meul/ro.bi.ro/om.gyo*/ju.se.yo
譯 請幫我把行李搬到大廳。

- -

韓 맡긴 귀중품을 내주세요 .
中 罵個衣 虧尊鋪悶 內租誰呦
羅 mat.gin/gwi.jung.pu.meul/ne*.ju.se.yo
譯 請將我寄放的貴重物品還給我。

單字	拼音
체크아웃 수속 退房手續	羅 che.keu.a.ut/su.sok 中 疵耶科阿屋 蘇嗽
계산서 帳單	羅 gye.san.so* 中 K 三蒐
영수증 收據	羅 yo*ng.su.jeung 中 泳蘇增
신용카드 信用卡	羅 si.nyong.ka.deu 中 心庸卡的
서비스료 服務費	羅 so*.bi.seu.ryo 中 蒐逼思六
세금 稅金	羅 se.geum 中 誰跟恩
팁 小費	羅 tip 中 替不
보증금 押金	羅 bo.jeung.geum 中 波曾耿
통역 口譯	羅 tong.yo*k 中 通又
서명하다 簽名	羅 so*.myo*ng.ha.da 中 蒐謬恩哈打
정문 正門	羅 jo*ng.mun 中 寵目恩

背包客的菜韓文**自由行** **왕**초보

여행 한국어 회화

在
店家

매장에서
Chapter 5

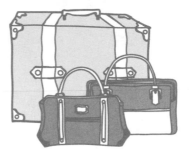

가게로 들어가서

ga.ge.ro/deu.ro*.ga.so*

進入商店後

情境對話一

♪ Track 173

A

韓 들어와서 구경하세요 .

中 特囉哇搜 苦個呦哈誰呦

羅 deu.ro*.wa.so*/gu.gyo*ng.ha.se.yo

譯 請進來參觀。

B

韓 여기는 화장품 가게예요 ?

中 呦可衣能 花髒鋪恩 卡給耶呦

羅 yo*.gi.neun/hwa.jang.pum/ga.ge.ye.yo

譯 這裡是化妝品店嗎？

A

韓 네 , 뭐 찾으세요 ?

中 內 摸 擦資誰呦

羅 ne//mwo/cha.jeu.se.yo

譯 是的 , 您要找什麼嗎？

情境對話二

♪ Track 174

A

韓 어서 오십시오 . 뭘 도와 드릴까요 ?

中 喔搜 喔西不休 摸兒 頭哇 特里兒嘎呦

羅 o*.so*/o.sip.ssi.o//mwol/do.wa/deu.ril.ga.yo

譯 歡迎光臨 , 能幫您什麼忙？

B

韓 저는 대만에서 왔어요 . 중국어 할 줄 아는
분이 있어요 ?

中 醜能 貼蠻內搜 哇搜呦 尊古狗 哈兒 租 拉能
不你 衣搜呦

羅 jo*.neun/de*.ma.ne.so*/wa.sso*.yo//jung.
gu.go*/hal/jjul/a.neun/bu.ni/i.sso*.yo

譯 我是從台灣來的。有會說中文的人嗎?

A

韓 있습니다 . 불러 드릴게요 . 잠시만요 .

中 衣森你打 鋪兒囉 特里兒給呦 禪西蠻妞

羅 it.sseum.ni.da//bul.lo*/deu.ril.ge.yo./jam.
si.ma.nyo

譯 有 , 我叫他過來 , 請稍等一下。

其他好用句　　　　　　　　　　　　♪ Track 175

韓 천천히 구경하세요 . 뭐 필요하시면 불러주
세요 .

中 匆匆你 苦個呦哈誰呦 摸 匹六哈西謬恩 鋪兒
囉 租誰呦

羅 cho*n.cho*n.hi/gu.gyo*ng.ha.se.yo//mwo/
pi.ryo.ha.si.myo*n/bul.lo*.ju.se.yo

譯 慢慢看 , 有需要再叫我。

韓 어떤 것을 찾으세요 ?

中 喔東 狗奢 擦資誰呦

羅 o*.do*n/go*.seul/cha.jeu.se.yo

譯 您要找什麼樣的東西呢?

韓 이건 어떠세요?
中 衣拱 喔豆誰呦
羅 i.go*n/o*.do*.se.yo
譯 這個如何?

韓 죄송합니다. 원하시는 것이 없습니다.
中 崔松憨你打 我那西能 狗西 喔不森你打
羅 jwe.song.ham.ni.da//won.ha.si.neun/go*.si/
o*p.sseum.ni.da
譯 對不起,沒有您要找的東西。

韓 두 개 사세요. 싸게 드립니다.
中 吐 給 沙誰呦 沙給 特領你打
羅 du/ge*/sa.se.yo//ssa.ge/deu.rim.ni.da
譯 買兩個吧。我算您便宜一點。

韓 계산해 드릴까요?
中 K 山內 特里兒嘎呦
羅 gye.san.he*/deu.ril.ga.yo
譯 要幫您結帳嗎?

韓 감사합니다. 또 오세요.
中 砍殺憨你打 豆 喔誰呦
羅 gam.sa.ham.ni.da//do/o.se.yo
譯 謝謝,再來喔!

韓 아니에요. 그냥 구경하고 있어요.
中 阿逆耶呦 可釀 苦個呦哈勾 衣搜呦

羅 a.ni.e.yo//geu.nyang/gu.gyo*ng.ha.go/
i.sso*.yo
譯 不，我只是逛逛而已。

韓 좀 더 돌아보겠습니다 . 고맙습니다 .
中 綜 頭 頭拉波給森你打 口嗎森你打
羅 jom/do*/do.ra.bo.get.sseum.ni.da//go.map.
sseum.ni.da
譯 我再逛逛，謝謝。

韓 좀 더 생각해 보겠어요 . 고맙습니다 .
中 綜 頭 先嘎 K 波給搜呦 口嗎不森你打
羅 jom/do*/se*ng.ga.ke*/bo.ge.sso*.yo//
go.map.sseum.ni.da
譯 我再想看看，謝謝。

韓 지금은 결정하지 못하겠어요 .
中 七跟悶恩 可呦兒宗哈基 摸他給搜呦
羅 ji.geu.meun/gyo*l.jo*ng.ha.ji/mo.ta.ge.sso*.yo
譯 我現在還沒決定。

韓 전자 제품은 어느 쪽입니까 ?
中 寵渣 賊鋪悶恩 喔呢 走個銀你嘎
羅 jo*n.ja/je.pu.meun/o*.neu/jjo.gim.ni.ga
譯 電子產品在哪一邊 ?

韓 오늘 몇 시까지 가게를 열어요 ?
中 喔呢 謬 西嘎幾 卡給惹 呦囉呦

羅 o.neul/myo*t/si.ga.ji/ga.ge.reul/yo*.ro*.yo

譯 今天營業到幾點呢？

旅遊關鍵字 — 各類商店

♪ Track 176

單字		拼音
상점	羅	sang.jo*m
商店	中	商總恩
가게	羅	ga.ge
店家、商店	中	卡給
편의점	羅	pyo*.nui.jo*m
便利商店	中	匹呦你總
빵집	羅	bang.jip
麵包店	中	幫擠不
꽃집	羅	got.jjip
花店	中	勾擠不
시계점	羅	si.gye.jo*m
鐘錶行	中	西給總
문구점	羅	jo*ng.yuk.jjo*m
文具店	中	目恩估總
옷가게	羅	ot.ga.ge
服飾店	中	喔嘎給
보석점	羅	bo.so*k.jjo*m
珠寶店	中	波搜總
완구점	羅	wan.gu.jo*m
玩具店	中	完估總

매장 찾을 때

me*.jang/cha.jeul/de*

尋找賣場

情境對話一 ♪ Track 177

A

韓 아동복은 몇 층에 있어요 ?

中 阿東不跟 謬 層 A 衣搜呦

羅 a.dong.bo.geun/myo*t/cheung.e/i.sso*.yo

譯 童裝在幾樓 ?

B

韓 오층에 있습니다 .

中 喔層 A 衣森你打

羅 o.cheung.e/it.sseum.ni.da

譯 在五樓。

A

韓 엘리베이터는 어디에 있어요 ?

中 A 兒里貝衣頭能 喔低 A 衣搜呦

羅 el.li.be.i.to*.neun/o*.di.e/i.sso*.yo

譯 電梯在哪裡 ?

B

韓 엘리베이터는 저기 라네즈 화장품 코너 뒤
　 에 있습니다 .

中 A 兒里貝衣頭能 醜可衣 拉內資 花髒鋪恩 口
　 樓 替 A 衣森你打

羅 el.li.be.i.to*.neun/jo*.gi/ra.ne.jeu/hwa.jang.
　 pum/ko.no*/dwi.e/it.sseum.ni.da

譯 電梯在那裡的 Laneige 化妝品專櫃後面。

A

韓 과자는 어디서 살 수 있어요 ?

中 誇渣能 喔低搜 沙兒 酥 衣搜呦

羅 gwa.ja.neun/o*.di.so*/sal/ssu/i.sso*.yo

譯 哪裡可以買到餅乾？

B

韓 지하 1 층에 마트가 있습니다 . 거기서 주로
식품들을 팝니다 .

中 七哈 衣兒層 A 罵特嘎 衣森你打 口可衣搜
租囉 系鋪恩的惹 盤你打

羅 ji.ha/il.cheung.e/ma.teu.ga/it.sseum.ni.da//
go*.gi.so*/ju.ro/sik.pum.deu.reul/pam.ni.da

譯 地下一樓有超市。那裡主要是賣食品。

A

韓 음료수 코너는 어느 쪽이죠 ?

中 恩溜酥 口樓能 喔呢 走可衣救

羅 eum.nyo.su/ko.no*.neun/o*.neu/jjo.gi.jyo

譯 飲料區在哪一邊？

B

韓 음료수 코너는 냉동 식품 코너 오른쪽에 있습
니다 .

中 恩六酥 口樓能 類恩東 系鋪恩 叩樓 喔冷走給
衣森你打

羅 eum.nyo.su/ko.no*.neun/ne*ng.dong/sik.
pum/ko.no*/o.reun.jjo.ge/it.sseum.ni.da

譯 飲料區在冷凍食品區右邊。

情境對話四　　　　　　　　　　♪ Track 180

A

韓 자라 매장은 몇 층에 있죠 ?

中 渣拉 妹髒恩 謬 層Ａ 衣救

羅 ja.ra/me*.jang.eun/myo*t/cheung.e/it.jjyo

譯 ZARA 賣場在幾樓 ?

B

韓 2 층에 있습니다 .

中 衣層Ａ 衣森你打

羅 i.cheung.e/it.sseum.ni.da

譯 在二樓。

情境對話五　　　　　　　　　　♪ Track 181

A

韓 잠옷 매장은 어디에 있습니까 ?

中 禪喔 妹髒恩 喔滴Ａ 衣森你嘎

羅 ja.mot/me*.jang.eun/o*.di.e/it.sseum.ni.ga

譯 睡衣賣場在哪裡 ?

B

韓 잠옷은 우리 매장도 팝니다 . 그리고 4 층에
　도 속옷 코너가 있습니다 .

中 禪喔神 屋里 妹髒豆 盤你打 可里勾 沙層Ａ
　豆 搜勾 叩樓嘎 衣森你打

羅 ja.mo.seun/u.ri/me*.jang.do/pam.ni.da//
geu.ri.go/sa.cheung.e.do/so.got/ko.no*.ga/
it.sseum.ni.da

譯 睡衣我們這裡也有賣。而且四樓也有內衣賣場。

情境對話六 ♪ Track 182

A

韓 운동 용품 코너는 어디입니까 ?

中 溫東 庸鋪恩 叩樓能 喔低影你嘎

羅 un.dong/yong.pum/ko.no*.neun/o*.di.im.ni.ga

譯 請問運動用品區在哪裡 ?

B

韓 운동 용품 코너는 저기 골프 용품 코너 옆에
있어요 .

中 溫東 庸鋪恩 叩樓能 醜可衣 口兒噴 庸鋪恩
叩樓 呦配 衣搜呦

羅 un.dong/yong.pum/ko.no*.neun/jo*.gi/gol.
peu/yong.pum/ko.no*/yo*.pe/i.sso*.yo

譯 運動用品區在那邊的高爾夫用品區旁邊。

情境對話七 ♪ Track 183

A

韓 수영복은 어디서 팝니까 ?

中 酥庸不跟 喔滴搜 盤你嘎

羅 su.yo*ng.bo.geun/o*.di.so*/pam.ni.ga

譯 泳衣哪裡有賣 ?

B

韓 이 건물 3 층에 수영복 매장이 있습니다 .

中 衣 恐目兒 三層 A 酥庸不 妹髒衣 衣森你打

羅 i/go*n.mul/sam.cheung.e/su.yo*ng.bok/
me*.jang.i/it.sseum.ni.da

譯 這棟建築三樓有泳衣賣場。

情境對話八   ♪ Track 184

A

韓 장난감 매장은 7 층에 있습니까 ?

中 禪男感恩 妹髒恩 七兒層 A 衣森你嘎

羅 jang.nan.gam/me*.jang.eun/chil.cheung.e/
it.sseum.ni.ga

譯 玩具賣場在七樓嗎 ?

B

韓 아니요 . 7 층에 없습니다 . 6 층에 있습니다 .

中 阿逆呦 七兒層 A 喔不森你打 U 層 A 衣森你打

羅 a.ni.yo//chil.cheung.e/o*p.sseum.ni.da//
yuk.cheung.e/it.sseum.ni.da

譯 不。不在七樓 , 在六樓。

單字	拼音	
슈퍼마켓	羅	syu.po*.ma.ket
超級市場	中	修波嗎 K 特
면세점	羅	myo*n.se.jo*m
免稅店	中	謬恩誰總
도매점	羅	do.me*.jo*m
批發商店	中	頭妹總
소매점	羅	so.me*.jo*m
零售商店	中	搜妹總
양품점	羅	yang.pum.jo*m
進口商品店	中	洋鋪恩總
골동품점	羅	gol.dong.pum.jo*m
古董店	中	口兒東鋪恩總
전문점	羅	jo*n.mun.jo*m
專賣店	中	重目恩總
백화점	羅	be*.kwa.jo*m
百貨公司	中	配誇總
쇼핑몰	羅	syo.ping.mol
購物中心	中	修拼摸兒
벼룩시장	羅	byo*.ruk.ssi.jang
跳蚤市場	中	匹呦路系髒
지하상가	羅	ji.ha.sang.ga
地下街	中	七哈商嘎

색에 대해 물어볼 때

se*.ge/de*.he*/mu.ro*.bol/de*

詢問有關顏色

情境對話 ♪ Track 186

A

韓 이 지갑은 다른 색상이 없어요 ?

中 衣 七嘎笨恩 他冷 誰商衣 喔不搜呦

羅 i/ji.ga.beun/da.reun/se*k.ssang.i/o*p.sso*.yo

譯 這個皮夾沒有其他顏色嗎 ?

B

韓 파란색 , 초록색 , 빨간색 , 검은색이 있습니다 .

中 怕藍誰 抽路誰 爸兒乾誰 恐悶誰可衣 衣森你打

羅 pa.ran.se*k/cho.rok.sse*k/bal.gan.se*k/go*. meun.se*.gi/it.sseum.ni.da

譯 有藍色、草綠色、紅色、黑色。

A

韓 하얀색도 있었으면 좋겠는데요 .

中 哈洋誰豆 衣搜思謬恩 醜給能貼呦

羅 ha.yan.se*k.do/i.sso*.sseu.myo*n/jo.ken. neun.de.yo

譯 如果也有白色就好了。

B

韓 검은 색도 예뻐요 . 제일 잘 팔려요 .

中 恐悶恩 誰豆 耶播呦 賊衣兒 差兒 怕兒溜呦

羅 go*.meun/se*k.do/ye.bo*.yo//je.il/jal/pal. lyo*.yo

譯 黑色也很漂亮，賣得最好。

A

韓 그래요 ? 그럼 검은색으로 주세요 .

中 可類呦 可龍 恐悶誰科囉 租誰呦

羅 geu.re*.yo//geu.ro*m/go*.meun.se*.geu.ro/
ju.se.yo

譯 是嗎？那給我黑色。

　　　　　　　　　　♪ Track 187

韓 분홍색은 저한테 잘 어울리지 않는 것 같아요 .

中 鋪恩哄誰跟 醜憨貼 差兒 喔屋兒里基 安能
狗 嘎他呦

羅 bun.hong.se*.geun/jo*.han.te/jal/o*.ul.li.ji/
an.neun/go*t/ga.ta.yo

譯 粉紅色好像不適合我。

韓 더 질은 색깔이 없어요 ?

中 頭 七騰 誰嘎里 喔不搜呦

羅 do*/ji.teun/se*k.ga.ri/o*p.sso*.yo

譯 沒有更深一點的顏色嗎？

韓 저는 밝은 색이 좋아요 .

中 醜能 怕兒跟 誰可衣 醜阿呦

羅 jo*.neun/bal.geun/se*.gi/jo.a.yo

譯 我喜歡亮的顏色。

韓 이것으로 회색이 있어요 ?

中 衣狗思囉 灰誰可衣 衣蒐呦

羅 i.go*.seu.ro/hwe.se*.gi/i.sso*.yo
譯 這個有灰色嗎？

韓 이 색상이 저한테 잘 어울려요？
中 衣 誰商衣 醜憨貼 差兒 喔屋兒溜呦
羅 i/se*k.ssang.i/jo*.han.te/jal/o*.ul.lyo*.yo
譯 這個顏色適合我嗎？

韓 언니 보기에는 어떤 색상이 좋아요？
中 翁你 波可衣 A 能 喔東 誰商衣 醜阿呦
羅 o*n.ni/bo.gi.e.neun/o*.do*n/se*k.ssang.i/
jo.a.yo
譯 姊姊你覺得哪個顏色好？

韓 어떤 색깔을 좋아해요？
中 喔東 誰嘎惹 醜阿黑呦
羅 o*.do*n/se*k.ga.reul/jjo.a.he*.yo
譯 你喜歡哪種顏色呢？

單字		拼音
흰색	羅	hin.se*k
白色	中	喝衣恩誰
검은색	羅	go*.meun.se*k
黑色	中	恐悶恩誰
노랑색	羅	no.rang.se*k
黃色	中	樓郎誰
녹색	羅	nok.sse*k
綠色	中	呢喔誰
초록색	羅	cho.rok.sse*k
草綠色	中	抽路誰
파란색	羅	pa.ran.se*k
藍色	中	怕郎誰
빨간색	羅	bal.gan.se*k
紅色	中	爸兒乾誰
주홍색	羅	ju.hong.se*k
朱紅色	中	租哄誰
핑크색	羅	ping.keu.se*k
粉紅色	中	拼科誰
보라색	羅	bo.ra.se*k
紫色	中	波拉誰
갈색	羅	gal.sse*k
褐色	中	卡兒誰

원하는 상품을 찾을 때

won.ha.neun/sang.pu.meul/cha.jeul/de*

找自己想要的商品時

情境對話

♪ Track 189

A

韓 어서 오세요 . 뭘 찾으세요 ?

中 喔搜 喔誰呦 摸兒 差資誰呦

羅 o*.so*/o.se.yo//mwol/cha.jeu.se.yo

譯 歡迎光臨 , 您要找什麼呢 ?

B

韓 모자를 사고 싶은데요 .

中 摸渣惹 沙勾 西噴貼呦

羅 mo.ja.reul/ssa.go/si.peun.de.yo

譯 我想買帽子。

A

韓 모자는 여기에 있습니다 . 어떤 모자를 찾으
시나요 ?

中 摸渣能 呦可衣 A 衣森你打 喔東 摸渣惹 差
資西那呦

羅 mo.ja.neun/yo*.gi.e/it.sseum.ni.da//o*.do*n/
mo.ja.reul/cha.jeu.si.na.yo

譯 帽子在這裡。您要找怎樣的帽子?

B

韓 야구 모자예요 .

中 押估 摸渣耶呦

羅 ya.gu/mo.ja.ye.yo
譯 棒球帽。

A
韓 본인이 쓰실 거예요?
中 朋銀你 思西兒 狗耶呦
羅 bo.ni.ni/sseu.sil/go*.ye.yo
譯 是您本人要戴的嗎?

B
韓 아니에요 . 남자친구에게 선물할 거예요 .
中 阿逆耶呦 男渣親估Ａ給 松木拉兒 狗耶呦
羅 a.ni.e.yo//nam.ja.chin.gu.e.ge/so*n.mul.hal/
　 go*.ye.yo
譯 不 , 是要送給男朋友的。

A
韓 남성 모자는 다 여기에 있으니까 한 번 골라
　 보세요 .
中 男松 摸渣能 他 呦可衣Ａ衣思你嘎 憨 崩 口
　 兒拉 波誰呦
羅 nam.so*ng/mo.ja.neun/da/yo*.gi.e/i.sseu.
　 ni.ga/han/bo*n/gol.la/bo.se.yo
譯 男性帽子都在這裡 , 您挑挑看吧。

其他好用句　　　　　　　　　　　　　　♪ Track 190

韓 향수를 찾고 있습니다 .
中 呵鴨酥惹 擦溝 衣森你答
羅 hyang.su.reul/chat.go/it.sseum.ni.da
譯 我在找香水。

韓 청바지를 사고 싶어요 .
中 聰爸幾惹 沙溝 西波呦
羅 cho*ng.ba.ji.reul/ssa.go/si.po*.yo
譯 我想買牛仔褲。

韓 어머니에게 줄 선물을 사고 싶은데요 .
中 喔摸你 A 給 租兒 松木惹 沙溝 西噴貼呦
羅 o*.mo*.ni.e.ge/jul/so*n.mu.reul/ssa.go/
si.peun.de.yo
譯 我想買送給媽媽的禮物。

韓 여기 등산배낭도 파나요 ?
中 呦可衣 騰山陪囊豆 怕那呦
羅 yo*.gi/deung.san.be*.nang.do/pa.na.yo
譯 這裡也有賣登山包嗎？

韓 다른 건 없어요 ?
中 他冷 拱 喔不搜呦
羅 da.reun/go*n/o*p.sso*.yo
譯 沒有別的嗎？

韓 이거보다 더 긴 치마는 없나요 ?
中 衣狗波打 頭 可銀 七馬能 翁那呦
羅 i.go*.bo.da/do*/gin/chi.ma.neun/o*m.na.yo
譯 沒有比這個更長的裙子嗎？

韓 남편한테 줄 선물로 뭐가 좋을까요 ?
中 男匹呦韓貼 租兒 松木兒囉 摸嘎 醜兒嘎呦

羅 nam.pyo*n.han.te/jul/so*n.mul.lo/mwo.ga/
jo.eul.ga.yo

譯 送老公的禮物買什麼好？

韓 여기서 제일 잘 팔리는 시계는 뭐예요 ?

中 呦可以蒐 賊衣兒 差兒 怕兒里能 西給能 摸
耶呦

羅 yo*.gi.so*/je.il/jal/pal.li.neun/si.gye.neun/
mwo.ye.yo

譯 這裡賣得最好的錶是什麼？

韓 요즘 뭐가 유행이죠 ?

中 呦贈 摸嘎 U 黑恩衣救

羅 yo.jeum/mwo.ga/yu.he*ng.i.jyo

譯 最近流行什麼？

韓 속옷 좀 보고 싶은데요 .

中 搜狗 綜 波勾 西噴貼呦

羅 so.got/jom/bo.go/si.peun.de.yo

譯 我想看看內衣。

韓 매니큐어를 사고 싶은데 여기 있어요 ?

中 妹你可 U 喔惹 沙溝 西噴貼 呦可衣 衣搜呦

羅 me*.ni.kyu.o*.reul/ssa.go/si.peun.de/yo*.gi/
i.sso*.yo

譯 我想買指甲油，這裡有嗎？

單字	拼音
바디클렌저 沐浴乳	羅 ba.di.keul.len.jo* 中 爸低刻兒雷恩走
클렌징 오일 卸妝油	羅 keul.len.jing/o.il 中 刻兒雷恩金 喔衣兒
페이셜 클렌징 洗面乳	羅 pe.i.syo*l/keul.len.jing 中 配衣休兒 科兒類恩金
샴푸 洗髮精	羅 syam.pu 中 香恩鋪
린스 潤髮乳	羅 rin.seu 中 另思
세슷비누 香皂	羅 se.sut.bi.nu 中 誰酥逼努
면도칼 刮鬍刀	羅 myo*n.do.kal 中 謬恩兜卡兒
면도크림 刮鬍乳	羅 myo*n.do.keu.rim 中 謬恩豆可領
눈썹칼 修眉刀	羅 nun.sso*p.kal 中 努恩搜不卡兒
손톱깎이 指甲刀	羅 son.top.ga.gi 中 松頭不嘎可衣
매니큐어 指甲油	羅 me*.ni.kyu.o* 中 眉你可 U 喔

| 구강 청정제 | 羅 | gu.gang/cho*ng.jo*ng.je |
| 漱口水 | 中 | 苦剛 聰宗賊 |

| 칫솔 | 羅 | chit.ssol |
| 牙刷 | 中 | 七搜兒 |

| 치약 | 羅 | chi.yak |
| 牙膏 | 中 | 七訝 |

| 치실 | 羅 | chi.sil |
| 牙線 | 中 | 七西兒 |

| 빗 | 羅 | bit |
| 梳子 | 中 | 匹不 |

| 생리대 | 羅 | se*ng.ni.de* |
| 衛生棉 | 中 | 先裡貼 |

| 면봉 | 羅 | myo*n.bong |
| 棉花棒 | 中 | 謬恩崩 |

| 귀이개 | 羅 | gwi.i.ge* |
| 耳挖 | 中 | 貴衣給 |

| 마스크 | 羅 | ma.seu.keu |
| 口罩 | 中 | 罵斯可 |

| 방취제 | 羅 | bang.chwi.je |
| 芳香劑 | 中 | 旁去衣賊 |

| 수건 | 羅 | su.go*n |
| 毛巾 | 中 | 酥拱 |

상품을 고를 때

sang.pu.meul/go.reul/de*

挑選商品時

情境對話一　　　　　　　　　　♪ Track 192

A

韓　세일중인 운동화들이 어떤 건가요 ?

中　誰衣兒尊銀 屋恩東花特里 喔東 拱嘎呦

羅　se.il.jung.in/un.dong.hwa.deu.ri/o*.do*n/
　　go*n.ga.yo

譯　**特價中的運動鞋是哪些呢？**

B

韓　이쪽으로 오세요 . 특가품들이 다 여기에 진
　　열되어 있습니다 .

中　衣走個囉 喔誰呦 特嘎鋪恩的里 他 呦可衣 A
　　斤呦兒腿喔 衣森你打

羅　i.jjo.geu.ro/o.se.yo//teuk.ga.pum.deu.ri/da/
　　yo*.gi.e/ji.nyo*l.dwe.o*/it.sseum.ni.da

譯　**請往這裡走。特價品都擺在這裡。**

A

韓　저 운동화 좀 보여 주시겠어요 ?

中　醜 溫東花 綜 波呦 租西給搜呦

羅　jo*.un.dong.hwa/jom.bo.yo*/ju.si.ge.sso*.yo

譯　**可以給我看看那雙運動鞋嗎？**

B

韓　여기 있습니다 . 한 번 신어 보실래요 ?

中　呦可衣 衣森你打 憨 崩 新樓 波西兒類呦

羅 yo*.gi/it.sseum.ni.da//han/bo*n/si.no*/bo.sil.
le*.yo

譯 在這裡，您要試穿看看嗎？

情境對話二   ♪ Track 193

A

韓 다른 디자인은 없어요 ?

中 他冷 低渣衣能 喔不搜呦

羅 da.reun/di.ja.i.neun/o*p.sso*.yo

譯 沒有別種款式的嗎？

B

韓 죄송합니다 . 너무 잘 팔려서 이거밖에 없습
　 니다 .

中 崔松憨你打 樓目 差兒 怕兒溜搜 衣狗爸給
　 喔不森你打

羅 jwe.song.ham.ni.da//no*.mu/jal/pal.lyo*.so*/
　 i.go*.ba.ge/o*p.sseum.ni.da

譯 對不起，賣得太好。只剩下這個。

其他好用句   ♪ Track 194

韓 한 번 생각해 보고 올게요 .

中 憨 崩 先嘎 K 波溝 喔兒給呦

羅 han/bo*n/se*ng.ga.ke*/bo.go/ol.ge.yo

譯 我想想再過來。

韓 그건 제가 원하던 것이 아니에요 .

中 可拱 賊嘎 我那東 狗西 阿你耶呦

羅 geu.go*n/je.ga/won.ha.do*n/go*.si/a.ni.e.yo

譯 這不是我想要的。

韓 저게 예쁘네요 . 좀 보여 주시겠어요 ?
中 醜給 耶撥內呦 綜 波呦 租西給搜呦
羅 jo*.ge/ye.beu.ne.yo/jom/bo.yo*/ju.si.
ge.sso*.yo
譯 那個很漂亮耶！可以給我看一下嗎？

韓 신상품 좀 보여 주시겠어요 ?
中 新商鋪恩 綜 波呦 租西給搜呦
羅 sin.sang.pum/jom/bo.yo*/ju.si.ge.sso*.yo
譯 可以給我看看新商品嗎？

韓 그 선글라스 좀 보여 주세요 .
中 可 松哥兒拉斯 綜 波呦 租誰呦
羅 geu/so*n.geul.la.seu/jom/bo.yo*/ju.se.yo
譯 請給我看看那副太陽眼鏡。

韓 그 손목시계 좀 봐도 될까요 ?
中 科 松默西給 綜 怕豆 腿兒嘎呦
羅 geu/son.mok.ssi.gye/jom/bwa.do/dwel.
ga.yo
譯 我可以看看那支錶嗎？

韓 이것보다 더 큰 것은 없습니까 ?
中 衣狗波打 投 坑 狗神 喔不森你嘎
羅 i.go*t.bo.da/do*/keun/go*.seun/o*p.sseum.
ni.ga

譯 沒有比這個還大件的嗎？

旅遊關鍵字 ― 款式＆大小

♪ Track 195

單字		拼音
방수 防水	羅 中	bang.su 旁酥
방풍 防風	羅 中	bang.pung 旁鋪恩
스타일 款式	羅 中	seu.ta.il 思他衣兒
문양 花樣	羅 中	mu.nyang 目恩洋
색깔 顏色	羅 中	se*k.gal 誰嘎兒
사이즈 尺寸	羅 中	sa.i.jeu 沙衣資
크기 大小	羅 中	keu.gi 科可衣
길이 長度	羅 中	gi.ri 可衣里
가슴둘레 胸圍	羅 中	ga.seum.dul.le 卡森肚兒類
허리둘레 腰圍	羅 中	ho*.ri.dul.le 齁里肚兒類
엉덩이둘레 臀圍	羅 中	o*ng.do*ng.i.dul.le 翁東衣肚兒類

상품에 대한 질문

sang.pu.me/de*.han/jil.mun

有關商品的疑問

情境對話一

♪ Track 196

A

韓 이 손가방은 언제까지 세일을 하죠 ?

中 衣 松嘎幫恩 翁賊嘎幾 誰衣惹 哈救

羅 i/son.ga.bang.eun/o*n.je.ga.ji/se.i.reul/
ha.jyo

譯 這款手提包特價到什麼時候 ?

B

韓 이번 주 일요일까지예요 . 사시려면 빨리 하
셔야 됩니다 .

中 衣崩 租 衣溜衣嘎幾耶呦 沙西六謬恩 爸兒里
哈休押 腿你打

羅 i.bo*n/ju/i.ryo.il.ga.ji.ye.yo//sa.si.ryo*.
myo*n/bal.li/ha.syo*.ya/dwem.ni.da

譯 特價到這個星期日。想買的話 , 必須趕快。

A

韓 그렇군요 . 알겠어요 . 이번 주 일요일 전에
다시 오겠어요 .

中 科囉古妞 啊兒給蒐優 衣崩 租 衣六衣兒 總
內 他西 喔給搜優

羅 geu.ro*.ku.nyo//al.ge.sso*.yo//i.bo*n/ju/
i.ryo.il/jo*.ne/da.si/o.ge.sso*.yo

譯 這樣啊!我知道了 , 這週日以前我會再來。

A

韓　이 바지는 제가 입기엔 너무 길어요 . 여기
　　수선해 주나요 ?

中　衣 怕幾能 賊嘎 衣不可衣耶 樓目 可衣囉呦
　　呦可衣 酥鬆黑 租那呦

羅　i/ba.ji.neun/je.ga/ip.gi.en/no*.mu/gi.ro*.yo//
　　yo*.gi/su.so*n.he*/ju.na.yo

譯　這件褲子我穿起來太長了 , 這裡會幫人修改嗎 ?

B

韓　네 , 계산한 후에 원하시는 길이로 수선해 드
　　립니다 .

中　內 K 山憨 呼 A 我那西能 可衣里囉 酥鬆黑
　　特領你打

羅　ne//gye.san.han/hu.e/won.ha.si.neun/gi.ri.
　　ro/su.so*n.he*/deu.rim.ni.da

譯　可以 , 結帳後 , 會幫您修改到您要的長度。

A

韓　그럼 이 걸로 주세요 .

中　可龍 衣 狗兒囉 租誰呦

羅　geu.ro*m/i/go*l.lo/ju.se.yo

譯　那給我這一件。

A

韓　영업 시간은 몇 시부터예요 ?

中　庸喔不 西乾能 謬 西鋪頭耶呦

羅　yo*ng.o*p/si.ga.neun/myo*t/si.bu.to*.ye.yo

譯 你們的營業時間是從幾點開始？

B

韓 아침 10 시부터입니다 .

中 阿親 呦兒西鋪投影你打

羅 a.chim/yo*l.si.bu.to*.im.ni.da

譯 從早上十點開始。

A

韓 알았어요 . 내일 점심 12 시 전에 다시 오겠
　 어요 .

中 阿拉搜呦 內衣兒 寵新 呦兒土 西 總內 他西
　 喔給搜呦

羅 a.ra.sso*.yo/ne*.il/jo*m.sim/yo*l.du.si/jo*.
　 ne/da.si/o.ge.sso*.yo

譯 我知道了，那我明天中午 12 點以前再來。

其他好用句　　　　　　　　　　　　♪ Track 199

韓 이 옷은 세탁기로 빨아도 됩니까 ?

中 衣 喔神 誰他個衣囉 爸拉豆 腿你嘎

羅 i/o.seun/se.tak.gi.ro/ba.ra.do/dwem.ni.ga

譯 這件衣服可以用洗衣機洗嗎？

韓 노란색으로 같은 사이즈는 없어요 ?

中 樓蘭誰歌囉 卡騰 沙衣資能 喔不搜呦

羅 no.ran.se*.geu.ro/ga.teun/sa.i.jeu.neun/
　 o*p.sso*.yo

譯 有一樣尺寸的黃色嗎？

韓 보증서는 있습니까 ?

中 波曾蒐能 衣森你嘎
羅 bo.jeung.so*.neun/it.sseum.ni.ga
譯 有保固卡嗎？

韓 이거 진짜 한국산입니까 ?
中 衣狗 金渣 憨估山您你嘎
羅 i.go*/jin.jja/han.guk.ssa.nim.ni.ga
譯 這真的是韓國貨嗎？

韓 품질 보증기간은 몇 년이에요 ?
中 鋪恩雞兒 波曾可衣乾能 謬 妞你耶呦
羅 pum.jil/bo.jeung.gi.ga.neun/myo*t/nyo*.
ni.e.yo
譯 有幾年保固？

韓 색이 바래지는 않나요 ?
中 誰可衣 怕類機能 阿那呦
羅 se*.gi/ba.re*.ji.neun/an.na.yo
譯 不會退色嗎？

韓 그건 진짜 가죽이에요 ?
中 可拱 金渣 卡租可衣耶呦
羅 geu.go*n/jin.jja/ga.ju.gi.e.yo
譯 那是真皮嗎？

韓 이거 해 봐도 되겠습니까 ?
中 衣勾 黑 怕豆 腿給森你嘎
羅 i.go*/he*/bwa.do/dwe.get.sseum.ni.ga

譯 我可以試試這個嗎？

韓 이건 어떻게 쓰는 거예요？
中 衣拱 喔豆 K 思能 狗耶呦
羅 i.go*n/o*.do*.ke/sseu.neun/go*.ye.yo
譯 這個要怎麼使用？

韓 질이 더 좋은 게 있어요？
中 雞里 頭 醜恩 給 衣搜呦
羅 ji.ri/do*/jo.eun/ge/i.sso*.yo
譯 有品質更好的嗎？

韓 이건 무엇으로 만든 겁니까？
中 衣拱 目喔思囉 蠻燈 拱你嘎
羅 i.go*n/mu.o*.seu.ro/man.deun/go*m.ni.ga
譯 這是用什麼做的？

韓 이거하고 똑같은 것이 있어요？
中 衣勾哈勾 豆嘎疼 狗西 衣搜呦
羅 i.go*.ha.go/dok.ga.teun/go*.si/i.sso*.yo
譯 有和這個一模一樣的東西嗎？

韓 이것으로 다른 무늬도 있습니까？
中 衣狗思囉 他冷 目你豆 衣森你嘎
羅 i.go*.seu.ro/da.reun/mu.ni.do/it.sseum.
　　ni.ga
譯 這個有其他花紋的嗎？

韓 여기 가죽 가방도 팔아요 ?
中 呦可衣 卡住 卡幫豆 怕拉呦
羅 yo*.gi/ga.juk/ga.bang.do/pa.ra.yo
譯 這裡也有賣皮革包嗎 ?

韓 어느 것이 더 쌉니까 ?
中 喔呢 狗西 頭 山你嘎
羅 o*.neu/go*.si/do*/ssam.ni.ga
譯 哪一個更便宜 ?

韓 이건 빨면 줄까요 ?
中 喔拱 爸兒謬恩 租兒嘎呦
羅 i.go*n/bal.myo*n/jul.ga.yo
譯 這個洗了會縮水嗎 ?

韓 견본이 있습니까 ?
中 可呦恩崩你 衣森你嘎
羅 gyo*n.bo.ni/it.sseum.ni.ga
譯 有樣品嗎 ?

韓 그것은 중고품이 아니겠죠 ?
中 可狗神 尊勾鋪咪 阿逆給救
羅 geu.go*.seun/jung.go.pu.mi/a.ni.get.jjyo
譯 那不是二手貨吧 ?

韓 언제쯤 제품이 들어옵니까 ?
中 翁賊贈 賊鋪咪 特囉翁你嘎
羅 o*n.je.jjeum/je.pu.mi/deu.ro*.om.ni.ga

譯 什麼時候會進貨？

韓 사용법 좀 가르쳐 주시겠어요 ?
中 沙庸撥不 綜 卡了秋 租西給搜呦
羅 sa.yong.bo*p/jom/ga.reu.cho*/ju.si.ge.sso*.yo
譯 可以教我怎麼使用嗎？

韓 좀 더 나은 것을 보여 주세요 .
中 綜 頭 那恩 狗奢 波呦 租誰呦
羅 jom/do*/na.eun/go*.seul/bo.yo*/ju.se.yo
譯 請給我看看再好一點的。

韓 내구성이 있는지 궁금합니다 .
中 內估松衣 引能幾 細跟憨你打
羅 ne*.gu.so*ng.i/in.neun.ji/gung.geum.ham.
   ni.da
譯 我想知道是否耐用。

韓 어느 것이 더 튼튼해요 ?
中 喔呢 狗西 頭 騰騰黑呦
羅 o*.neu/go*.si/do*/teun.teun.he*.yo
譯 哪一個比較堅固呢？

옷가게
ot.ga.ge

服飾店

情境對話一   ♪ Track 200

A

韓 한 번 입어보고 싶은데 탈의실이 있나요 ?

中 憨 崩 衣撥波勾 西噴貼 他里西里 影那呦

羅 han/bo*n/i.bo*.bo.go/si.peun.de/ta.rui.si.ri/
  in.na.yo

譯 我想試穿看看，有試衣間嗎 ?

B

韓 있습니다 . 이쪽으로 오세요 .

中 衣森你打 衣走個囉 喔誰呦

羅 it.sseum.ni.da/i.jjo.geu.ro/o.se.yo

譯 有的，請往這邊走。

情境對話二   ♪ Track 201

A

韓 거울 있나요 ?

中 口屋兒 影那呦

羅 go*.ul/in.na.yo

譯 有鏡子嗎 ?

B

韓 여기 있습니다 . 어때요 ?

中 呦可衣 衣森你打 喔貼呦

羅 yo*.gi/it.sseum.ni.da//o*.de*.yo

譯 在這裡,怎麼樣?

A
韓 이 색은 괜찮네요 . 마음에 들어요 .
中 衣 誰跟恩 魁餐內呦 媽恩妹 特囉呦
羅 i/se*.geun/gwe*n.chan.ne.yo//ma.eu.me/deu.ro*.yo
譯 這個顏色還不錯耶!我喜歡。

B
韓 그 반바지도 입어보실래요 ? 잘 어울릴 거예요 .
中 科 盤爸幾豆 衣撥波西兒類呦 差兒 喔烏兒里兒 狗耶呦
羅 geu/ban.ba.ji.do/i.bo*.bo.sil.le*.yo//jal/o*.ul.lil/go*.ye.yo
譯 那件短褲要不要也試穿看看?會很合適的。

情境對話三 ♪ Track 202

A
韓 저 치마가 마음에 드는데 입어봐도 돼요 ?
中 醜 七馬嘎 嗎恩妹 特能貼 衣撥怕豆 腿呦
羅 jo*/chi.ma.ga/ma.eu.me/deu.neun.de/i.bo*.bwa.do/dwe*.yo
譯 我喜歡那件裙子,可以試穿嗎?

B
韓 물론입니다 . 어느 색을 원하세요 ?
中 目兒龍影你打 喔呢 誰哥兒 我那誰呦
羅 mul.lo.nim.ni.da//o*.neu/se*.geul/won.ha.se.yo
譯 當然可以,您要哪種顏色?

A

韓 저 빨간색 치마 좀 입어 보려고요 .

中 醜 爸兒乾誰 七媽 綜 衣撥 波溜勾呦

羅 jo*/bal.gan.se*k/chi.ma/jom/i.bo*/bo.ryo*.
go.yo

譯 我想試穿那件紅色裙子。

情境對話四 ♪ Track 203

A

韓 이 티셔츠 너무 크네요 .

中 衣 踢休資 樓目 科內呦

羅 i/ti.syo*.cheu/no*.mu/keu.ne.yo

譯 這件 T 恤太大了呢！

B

韓 더 작은 사이즈 있습니다 . 입어보실래요 ?

中 頭 差跟 沙衣資 衣森你打 衣撥波西兒類呦

羅 do*/ja.geun/sa.i.jeu/it.sseum.ni.da//i.bo*.
bo.sil.le*.yo

譯 有小號的 , 您要試穿嗎？

A

韓 네 , 작은 사이즈로 주세요 .

中 內 差跟 沙衣資囉 租誰呦

羅 ne//ja.geun/sa.i.jeu.ro/ju.se.yo

譯 好 , 請給我小號的尺寸。

情境對話五 ♪ Track 204

A

韓 어떠세요 ? 잘 맞는 것 같아요 ?

中 喔豆誰呦 差兒 罵能 狗 嘎他呦

羅 o*.do*.se.yo//jal.man.neun/go*t.ga.ta.yo

譯 怎麼樣？剛好嗎？

B

韓 사이즈가 딱 맞네요.

中 沙衣資嘎 大 慢內呦

羅 sa.i.jeu.ga/dak/man.ne.yo

譯 剛剛好耶！

A

韓 이것으로 다른 색도 있습니다. 골라 보세요.

中 衣狗思囉 他冷 誰豆 衣森你打 口兒拉 波誰呦

羅 i.go*.seu.ro/da.reun/se*k.do/it.sseum.
ni.da//gol.la/bo.se.yo

譯 這個也有其他顏色，您挑看看。

情境對話六 ♪ Track 205

A

韓 사이즈가 너무 작네요. 더 큰 사이즈 있어
요?

中 沙衣資嘎 樓目 差內呦 頭 坑 沙衣資 衣搜呦

羅 sa.i.jeu.ga/no*.mu/jang.ne.yo//do*/keun/
sa.i.jeu/i.sso*.yo

譯 太小件了。有大一點的尺寸嗎？

B

韓 죄송합니다. 지금은 L 사이즈는 없습니다.
주문하셔야 됩니다.

中 崔松憨你打 七跟悶恩 L 沙衣資能 喔不森你
打 租目那休押 腿你打

羅 jwe.song.ham.ni.da//ji.geu.meun/L.sa.i.jeu. neun/o*p.sseum.ni.da//ju.mun.ha.syo*.ya/ dwem.ni.da

譯 對不起，現在沒有 L 號。需要用訂的。

A --

韓 지금 주문하면 언제 받을 수 있어요 ?

中 七跟恩 租目那謬恩 翁賊 怕的兒 酥 衣搜呦

羅 ji.geum/ju.mun.ha.myo*n/o*n.je/ba.deul/ ssu/i.sso*.yo

譯 現在訂的話，什麼時候可以拿得到 ?

B --

韓 사흘 안에 받으실 수 있습니다 .

中 沙喝兒 安內 怕的西兒 酥 衣森你打

羅 sa.heul/a.ne/ba.deu.sil/su/it.sseum.ni.da

譯 三天內您可以拿到。

情境對話七   ♪ Track 206

A --

韓 재질이 뭔가요 ?

中 賊雞里 盟嘎呦

羅 je*.ji.ri/mwon.ga.yo

譯 材質是什麼 ?

B --

韓 100% 순면입니다 .

中 配波誰恩特 孫謬恩影你打

羅 be*k.po*.sen.teu/sun.myo*.nim.ni.da

譯 百分之百純棉。

A

韓　정말 잘 어울리시네요 . 손님한테 딱이에요 .

中　寵嗎兒 差兒 喔烏兒里西內呦 松您寒貼 大可
　　衣耶呦

羅　jo*ng.mal/jjal/o*.ul.li.si.ne.yo//son.nim.han.
　　te/da.gi.e.yo

譯　真的很適合您呢！您穿剛剛好。

B

韓　그래요 ? 이거하고 비슷한 거도 있어요 ?

中　可類呦 衣狗哈勾 匹思貪 狗豆 衣搜呦

羅　geu.re*.yo//i.go*.ha.go/bi.seu.tan/go*.do/
　　i.sso*.yo

譯　是嗎？有和這個類似的嗎？

A

韓　정장 좀 보여 주세요 .

中　寵髒 綜 波呦 租誰呦

羅　jo*ng.jang/jom/bo.yo*/ju.se.yo

譯　請給我看套裝。

B

韓　이 파란색 정장은 어떻습니까 ?

中　衣 怕藍誰 寵髒恩 喔豆森你嘎

羅　i/pa.ran.se*k/jo*ng.jang.eun/o*.do*.sseum.
　　ni.ga

譯　這件藍色套裝怎麼樣？

A

韓 파란색은 저한테는 어울리지 않아요 . 검은
색 있나요 ?

中 怕藍誰跟 醜憨貼能 喔烏兒里機 阿那呦 恐悶
恩誰 影那呦

羅 pa.ran.se*.geun/jo*.han.te.neun/o*.ul.li.ji/
a.na.yo//go*.meun.se*k/in.na.yo

譯 藍色不適合我。有黑色嗎？

情境對話十　　　　　　　　　　　♪ Track 209

A

韓 이 청바지 입어봐도 되나요 ?

中 衣 聰爸幾 衣波怕豆 腿那呦

羅 i/cho*ng.ba.ji/i.bo*.bwa.do/dwe.na.yo

譯 這件牛仔褲可以試穿嗎？

B

韓 죄송해요 . 그건 특가품이라 입어보실 수 없
습니다 .

中 崔松黑呦 可拱 特嘎鋪咪拉 衣撥波西兒 酥
喔不森你打

羅 jwe.song.he*.yo//geu.go*n/teuk.ga.pu.
mi.ra/i.bo*.bo.sil/su/o*p.sseum.ni.da

譯 對不起，那是特價品不能試穿。

情境對話十一　　　　　　　　　　♪ Track 210

A

韓 어때요 ? 마음에 드세요 ?

中 喔貼呦 媽恩妹 特誰呦

羅 o*.de*.yo//ma.eu.me/deu.se.yo

譯 如何？喜歡嗎？

B

韓 옷이 진짜 예쁜데 입어보니까 좀 야하네요.

中 喔西 金渣 耶奔貼 喔撥波你嘎 綜 押哈內呦

羅 o.si/jin.jja/ye.beun.de/i.bo*.bo.ni.ga/jom/
ya.ha.ne.yo

譯 衣服真的很漂亮，但穿起來有點露。

情境對話十二　　　　　　　　　　　　♪ Track 211

A

韓 바지 잘 맞아요?

中 怕幾 羌兒 嗎詐呦

羅 ba.ji/jal/ma.ja.yo

譯 褲子合適嗎？

B

韓 바지통이 좀 넓어요. 줄여 주시겠습니까?

中 怕幾通衣 綜 樓兒波呦 租溜 租西森你嘎

羅 ba.ji.tong.i/jom/no*p.o*.yo//ju.ryo*/ju.si.get.
sseum.ni.ga

譯 褲管有點大，可以幫我改小嗎？

A

韓 네, 줄여 드릴게요.

中 內 租六 特理兒給呦

羅 ne//ju.ryo*/deu.ril.ge.yo

譯 好，幫您改短。

情境對話十三　　　　　　　　　　　　♪ Track 212

A

韓 어떤 사이즈로 드릴까요?
中 喔東 沙衣資囉 特里兒嘎呦
羅 o*.do*n/sa.i.jeu.ro/deu.ril.ga.yo
譯 要給你什麼尺寸?

B
韓 큰 걸로 주세요.
中 坑 狗兒囉 租誰呦
羅 keun/go*l.lo/ju.se.yo
譯 請給我大號的。

情境對話十四   ♪ Track 213

A
韓 스몰 입으실 것 같군요. 맞죠?
中 思摸兒 衣撥西兒 狗 卡股妞 罵救
羅 seu.mol/i.beu.sil/go*t/gat.gu.nyo//mat.jjyo
譯 您穿 S 號,對吧?

B
韓 아뇨, 저는 보통 미디엄 입어요.
中 阿妞 醜能 波通 咪低翁 衣撥呦
羅 a.nyo/jo*.neun/bo.tong/mi.di.o*m/i.bo*.yo
譯 不,我通常穿 M 號。

情境對話十五   ♪ Track 214

A
韓 더 화려한 것 없나요?
中 頭 花溜憨 狗 翁那呦
羅 do*/hwa.ryo*.han/go*t/o*m.na.yo
譯 沒有更華麗一點的嗎?

B

韓 죄송합니다 . 그게 제일 화려한 것입니다 .

中 崔松憨你打 可給 賊衣兒 花六憨 狗心你打

羅 jwe.song.ham.ni.da//geu.ge/je.il/hwa.ryo*.
han/go*.sim.ni.da

譯 對不起，那是最華麗的了。

其他好用句

♪ Track 215

韓 이 옷은 청바지와 안 어울리네요 .

中 衣 喔神 聽爸幾哇 安 喔烏兒里內呦

羅 i/o.seun/cho*ng.ba.ji.wa/an/o*.ul.li.ne.yo

譯 這件衣服不配牛仔褲。

韓 이 외투는 이미 유행이 지난 것 같아요 .

中 衣 威吐能 衣咪 U 黑恩衣 七男 狗 嘎踏呦

羅 i/we.tu.neun/i.mi/yu.he*ng.i/ji.nan/go*t/
ga.ta.yo

譯 這件外套好像已經退流行了。

韓 너무 헐렁해요 .

中 樓目 齁兒龍黑呦

羅 no*.mu/ho*l.lo*ng.he*.yo

譯 太寬鬆了。

韓 이걸로 스몰 사이즈 없어요 ?

中 衣狗兒囉 思摸兒 沙衣資 喔不搜呦

羅 i.go*l.lo/seu.mol/sa.i.jeu/o*p.sso*.yo

譯 這個沒有 S 號的嗎？

韓 허리 부분이 좀 끼는데요 .
中 夠里 鋪不你 綜 個衣能貼呦
羅 ho*.ri/bu.bu.ni/jom/gi.neun.de.yo
譯 腰圍的部分有點緊。

韓 이건 드라이클리닝해야 하나요 ?
中 衣拱 特拉伊科兒里您黑押 哈那呦
羅 i.go*n/deu.ra.i.keul.li.ning.he*.ya/ha.na.yo
譯 這個需要乾洗嗎？

韓 저는 보통 미디엄 사이즈 옷을 입어요 .
中 醜能 波通 咪低翁 沙衣資 喔奢 衣波呦
羅 jo*.neun/bo.tong/mi.di.o*m/sa.i.jeu/o.seul/
i.bo*.yo
譯 我通常是穿 M 號的衣服。

韓 너무 작아요 . 라지 사이즈로 보여 주세요 .
中 樓目 差嘎呦 拉幾 沙衣資囉 波呦 租誰呦
羅 no*.mu/ja.ga.yo/ra.ji/sa.i.jeu.ro/bo.yo*/
ju.se.yo
譯 太小了，請給我 L 號。

韓 한 사이즈 큰 걸로 보여 주세요 .
中 憨 沙衣資 坑 狗兒囉 波呦 租誰呦
羅 han/sa.i.jeu/keun/go*l.lo/bo.yo*/ju.se.yo
譯 請給我看看大一號的。

韓 약간 더 큰 것이 있어요 ?

中　押乾 頭 坑 狗西 衣搜呦
羅　yak.gan/do*/keun/go*.si/i.sso*.yo
譯　有稍微大一點的嗎？

韓　제 치수를 잘 몰라요 . 사이즈 좀 재어 줄 수
　　있어요 ?
中　賊 七酥惹 差兒 摸兒拉呦 沙衣資 綜 賊喔 租
　　兒 酥 衣搜呦
羅　je/chi.su.reul/jjal/mol.la.yo//sa.i.jeu/jom/je*.
　　o*/jul/su/i.sso*.yo
譯　我不知道我的尺寸 , 可以幫我量嗎？

韓　이 정장을 입어 봐도 괜찮겠습니까 ?
中　衣 寵髒兒 喔撥 怕豆 魁餐 K 森你嘎
羅　i/jo*ng.jang.eul/i.bo*/bwa.do/gwe*n.chan.
　　ket.sseum.ni.ga
譯　我可以試穿看看這件套裝嗎？

韓　이 치마 색상은 너무 어두워요 . 더 밝은 거
　　없나요 ?
中　衣 漆媽 誰商恩 樓目 喔凸我呦 頭 怕兒跟 狗
　　翁那呦
羅　i/chi.ma/se*k.ssang.eun/no*.mu/o*.du.
　　wo.yo//do*/bal.geun/go*/o*m.na.yo
譯　這件裙子顏色太暗了 , 沒有亮一點的嗎？

韓　소매가 좀 긴 것 같아요 .
中　搜妹嘎 綜 可衣恩 狗 嘎他呦

羅 so.me*.ga/jom/gin/go*t/ga.ta.yo

譯 袖子好像有點長。

韓 청바지를 찾고 있습니다 .

中 蔥巴幾惹 擦溝 衣森你答

羅 cho*ng.ba.ji.reul/chat.go/it.sseum.ni.da

譯 我在找牛仔褲。

韓 제게는 너무 크지요 ?

中 賊給能 no 木 科基喲

羅 je.ge.neun/no*.mu/keu.ji.yo

譯 我穿起來太大了對吧？

韓 저는 반바지 하나를 사려고 합니다 .

中 醜能 盤爸幾 哈那惹 沙六勾 憨你打

羅 jo*.neun/ban.ba.ji/ha.na.reul/ssa.ryo*.go/ham.ni.da

譯 我想買一件短褲。

韓 여기가 좀 꽉 낍니다 .

中 喲可衣嘎 綜 瓜 個衣你答

羅 yo*.gi.ga/jom/gwak/gim.ni.da

譯 這裡很緊。

單字		拼音
옷	羅	ot
衣服	中	喔不
복식	羅	bok.ssik
服飾	中	播系
아동복	羅	a.dong.bok
童裝	中	阿東不
남성복	羅	nam.so*ng.bok
男裝	中	男松恩不
여성복	羅	yo*.so*ng.bok
女裝	中	呦松不
숙녀복	羅	sung.nyo*.bok
淑女裝	中	素妞不
임신복	羅	im.sin.bok
孕婦裝	中	銀新不
유아복	羅	yu.a.bok
幼兒服	中	U阿不
드레스	羅	deu.re.seu
晚禮服	中	的類思
웨딩드레스	羅	we.ding.deu.re.seu
婚紗	中	圍丁的類思
양복	羅	yang.bok
西裝	中	洋不
한복	羅	han.bok
韓服	中	憨不

單字		拼音
와이셔츠 白襯衫	羅 中	wa.i.syo*.cheu 哇衣休資
폴로셔츠 POLO 衫	羅 中	pol.lo.syo*.cheu 波兒囉休資
티셔츠 T 恤	羅 中	ti.syo*.cheu 踢休資
스웨터 毛衣	羅 中	seu.we.to* 斯威頭
조끼 背心	羅 中	jo.gi 醜個衣
외투 外套	羅 中	we.tu 圍土
코트 大衣外套	羅 中	ko.teu 叩特
캐주얼 休閒服	羅 中	ke*.ju.o*l K 租喔兒
커플티 情侶 T 恤	羅 中	ko*.peul.ti 摳噴兒踢
쟈켓 夾克	羅 中	jya.ket 掐 K
후드티 連帽厚 T	羅 中	hu.deu.ti 呼的踢

單字		拼音
바지	羅	ba.ji
褲子	中	怕幾
반바지	羅	ban.ba.ji
短褲	中	盤爸幾
긴바지	羅	gin.ba.ji
長褲	中	可衣恩爸幾
청바지	羅	cho*ng.ba.ji
牛仔褲	中	聰巴戀
나팔바지	羅	na.pal.ba.ji
喇叭褲	中	那怕兒爸幾
치마	羅	chi.ma
裙子	中	七媽
긴치마	羅	gin.chi.ma
長裙	中	可衣恩七馬
짧은치마	羅	jjal.beun.chi.ma
短裙	中	渣兒奔七馬
미니스커트	羅	mi.ni.seu.ko*.teu
迷你裙	中	咪你思叩特
주름치마	羅	ju.reum.chi.ma
百褶裙	中	租冷七馬
멜빵치마	羅	mel.bang.chi.ma
吊帶裙	中	妹兒邦漆罵

單字		拼音
브래지어	羅	beu.re*.ji.o*
胸罩	中	噴類雞喔
캐미솔	羅	ke*.mi.sol
背心式內心	中	K 咪搜兒
팬티	羅	pe*n.ti
內褲	中	沛恩踢
사각팬티	羅	sa.gak.pe*n.ti
四角內褲	中	沙嘎沛恩踢
삼각팬티	羅	sam.gak.pe*n.ti
三角內褲	中	三嘎沛恩踢
목욕 가운	羅	mo.gyok/ga.un
浴衣	中	末個優卡溫恩
잠옷	羅	ja.mot
睡衣	中	禪喔
파자마	羅	pa.ja.ma
兩件式睡衣	中	怕渣罵
다이어트 속옷	羅	da.i.o*.teu/so.got
塑身衣	中	他衣喔特 搜喔
속옷	羅	so.got
內衣	中	蒐狗
내복	羅	ne*.bok
保暖內衣	中	內不

신발 가게
sin.bal/ga.ge
鞋子店

情境對話一 ♪ Track 220

A

韓 뭘 찾으세요 ?

中 摸兒 擦資誰呦

羅 mwol/cha.jeu.se.yo

譯 您要找什麼？

B

韓 등산화를 사려고요 .

中 疼山花惹 沙溜狗呦

羅 deung.san.hwa.reul/ssa.ryo*.go.yo

譯 我想買登山鞋。

情境對話二 ♪ Track 221

A

韓 샌들을 찾으십니까 ?

中 誰的惹 擦資心你嘎

羅 se*n.deu.reul/cha.jeu.sim.ni.ga

譯 您在找涼鞋嗎？

B

韓 아니요 . 단화는 어디 있나요 ?

中 阿逆呦 曇花能 喔低 影那呦

羅 a.ni.yo//dan.hwa.neun/o*.di/in.na.yo

譯 不，請問平底鞋在哪裡？

A

韓　운동화를 좀 보고 싶은데요.

中　溫冬花惹 綜 波勾 西噴貼呦

羅　un.dong.hwa.reul/jjom/bo.go/si.peun.de.yo

譯　我想看看運動鞋。

B

韓　남성 운동화는 다 거기에 있습니다.

中　男松 溫冬花能 他 口可衣Ａ衣森你打

羅　nam.so*ng/un.dong.hwa.neun/da/go*.gi.e/
it.sseum.ni.da

譯　男生運動鞋都在那裡。

A

韓　아니에요. 여동생에게 줄 운동화를 찾고 있
어요.

中　阿逆耶呦 呦東先Ａ給 租兒 溫冬花惹 擦勾
衣搜呦

羅　a.ni.e.yo//yo*.dong.se*ng.e.ge/jul/un.dong.
hwa.reul/chat.go/i.sso*.yo

譯　不，我是要找送給妹妹的運動鞋。

A

韓　이 구두 좀 신어 보고 싶은데요.

中　衣 苦賭 綜 西樓 波勾 西噴貼呦

羅　i/gu.du/jom/si.no*/bo.go/si.peun.de.yo

譯　我想穿穿看這雙皮鞋。

B

韓 예, 사이즈가 어떻게 되세요 ?
中 耶 沙衣資嘎 喔豆 K 腿誰呦
羅 ye//sa.i.jeu.ga/o*.do*.ke/dwe.se.yo
譯 好的 , 你穿幾號 ?

A ---

韓 제일 작은 사이즈로 주세요 .
中 賊衣兒 差跟 沙衣資囉 租誰呦
羅 je.il/ja.geun/sa.i.jeu.ro/ju.se.yo
譯 請給我最小號。

B ---

韓 잠깐만 기다려 주세요 . 갖다 드릴게요 .
中 禪乾慢 可衣搭六 租誰呦 卡答 特里兒給呦
羅 jam.gan.man/gi.da.ryo*/ju.se.yo//gat.da/
deu.ril.ge.yo
譯 請稍等 , 我拿給您。

B ---

韓 여기에 있습니다 . 잘 맞으세요 ?
中 呦可衣 A 衣森你打 差兒 媽資誰呦
羅 yo*.gi.e/it.sseum.ni.da//jal.ma.jeu.se.yo
譯 在這裡 , 剛好嗎 ?

A ---

韓 너무 끼네요 . 한 치수 더 큰 걸로 주시겠어
요 ?
中 樓目 個衣內呦 憨 七酥 頭 坑 狗兒囉 租西給
搜呦
羅 no*.mu/gi.ne.yo//han/chi.su/do*/keun/go*l.
lo/ju.si.ge.sso*.yo
譯 太緊了 , 可以拿再大一號的給我嗎 ?

A

韓　좀 걸어 봐도 되겠습니까 ?

中　綜 口囉 怕豆 腿給森你嘎

羅　jom/go*.ro*/bwa.do/dwe.get.sseum.ni.ga

譯　我可以走走看嗎 ?

B

韓　네 , 걸어 보세요 .

中　內 口囉 波誰呦

羅　ne//go*.ro*/bo.se.yo

譯　可以 ，您走走看。

A

韓　딱 맞는 것 같아요 . 거기 녹색 구두도 신어
　　보려고요 .

中　大 蠻能 狗 嘎他呦 口可衣 漏誰 苦賭鬥 新樓
　　波溜勾呦

羅　dak.man.neun/go*t/ga.ta.yo//go*.gi/nok.
　　sse*k/gu.du.do/si.no*.bo.ryo*.go.yo

譯　好像剛剛好。也想穿看看那邊的綠色皮鞋。

B

韓　예 , 맞는 사이즈 찾아 드릴게요 .

中　耶 蠻能 沙衣資 擦渣 特理兒給呦

羅　ye//man.neun/sa.i.jeu/cha.ja/deu.ril.ge.yo

譯　好的 ，我去拿您的 size 過來。

A

韓　고맙습니다 .

中　口嗎森你打

羅　go.map.sseum.ni.da

譯 謝謝。

♪ Track 225

其他好用句

韓 다른 걸 신어 볼게요.

中 他冷 狗兒 西樓 波兒給呦

羅 da.reun/go*l/si.no*/bol.ge.yo

譯 我穿穿看別雙。

韓 235 사이즈를 신어 보려고요.

中 衣貝三系撥沙衣資惹 西樓 波溜勾呦

羅 i.be*k.ssam.si.bo/sa.i.jeu.reul/ssi.no*/
bo.ryo*.go.yo

譯 我想試穿 235 號。

韓 저는 평소에 230 사이즈를 신어요.

中 醜能 匹呦恩搜 A 衣貝三系沙衣資惹 新樓呦

羅 jo*.neun/pyo*ng.so.e/i.be*k.ssam.sip/
sa.i.jeu.reul/ssi.no*.yo

譯 我平常穿 230 號。

韓 나이키 운동화가 있나요?

中 那衣科衣 溫冬花嘎 影那呦

羅 na.i.ki/un.dong.hwa.ga/in.na.yo

譯 有 Nike 的運動鞋嗎?

韓 저는 굽이 높은 신발을 잘 못 신어요.

中 醜能 苦逼 樓噴 新霸惹 差兒 末 新樓呦

羅 jo*.neun/gu.bi/no.peun/sin.ba.reul/jjal/mot/

si.no*.yo

譯 我不太會穿高跟的鞋子。

韓 이 바지와 어울리는 구두를 찾고 있는데요.

中 衣 怕幾哇 喔烏兒里能 苦賭惹 擦勾 影能貼
呦

羅 i/ba.ji.wa/o*.ul.li.neun/gu.du.reul/chat.go/
in.neun.de.yo

譯 我在找適合這件褲子的皮鞋。

韓 조금 큰 것 같군요.

中 醜跟恩 坑 狗 嘎股妞

羅 jo.geum/keun/go*t/gat.gu.nyo

譯 好像有點大。

韓 더 작은 사이즈를 보여 주시겠어요?

中 投 差跟 沙衣資惹 波呦 租西給搜呦

羅 do*/ja.geun/sa.i.jeu.reul/bo.yo*/ju.si.
ge.sso*.yo

譯 可以拿再小一點的給我看看嗎?

韓 좀 커요.

中 綜 叩呦

羅 jom/ko*.yo

譯 有點大。

韓 저는 하이힐 하나를 사려고 합니다.

中 醜能 哈衣西兒 哈那惹 沙溜溝 憨你答

羅 o*.neun/ha.i.hil/ha.na.reul/ssa.ryo*.go/ham.
ni.da
譯 **我想買一雙高跟鞋。**

韓 요즘 인기 있는 신발이 어떤 건가요？
中 呦贈 銀可衣 影能 新霸里 喔東 拱嘎呦
羅 yo.jeum/in.gi/in.neun/sin.ba.ri/o*.do*n/go*n.
ga.yo
譯 **最近很受歡迎的鞋子是哪一種？**

韓 37 호로 주세요．
中 三西妻兒夠囉 組誰呦
羅 sam.sip.chil.ho.ro/ju.se.yo
譯 **請給我 37 號。**

韓 이 부츠 흰색이 있습니까？
中 衣 鋪紙 呵衣誰可衣 衣森你嘎
羅 i/bu.cheu/hin.se*.gi/it.sseum.ni.ga
譯 **這雙靴子有白色的嗎？**

單字		拼音
신발	羅	sin.bal
鞋子	中	新爸兒
구두	羅	gu.du
皮鞋	中	苦賭
슬리퍼	羅	seul.li.po*
拖鞋	中	思兒里波
샌들	羅	se*n.deul
涼鞋	中	誰恩的兒
부츠	羅	bu.cheu
靴子	中	鋪資
플랫 슈즈	羅	peul.le*t/syu.jeu
平底鞋	中	噴兒類 休資
캐주얼화	羅	ke*.ju.o*l.hwa
休閒鞋	中	K 租喔兒花
모카신	羅	mo.ka.sin
鹿皮軟鞋	中	摸卡新恩
옥스퍼드화	羅	ok.sseu.po*.deu.hwa
牛津鞋	中	喔斯波的花
로퍼	羅	ro.po*
便服鞋	中	囉波
스니커즈	羅	seu.ni.ko*.jeu
膠底鞋	中	思你叩資

旅遊小常識 — 鞋子尺寸對照表

女生			
韓國 (mm)	日本 (cm)	歐洲	美國
220	22	35	5
225	22.5	36	5.5
230	23	36.5	6
235	23.5	37	6.5
240	24	37.5	7
245	24.5	38	7.5
250	25	38.5	8
255	25.5	39	8.5
260	26	40	9
265	26.5	41	9.5
270	27	42	10

男生			
韓國 (mm)	日本 (cm)	歐洲	美國
240	24	38	6
245	24.5	38.5	6.5
250	25	39	7
255	25.5	40	7.5
260	26	40.5	8
265	26.5	41	8.5
270	27	42	9
275	27.5	42.5	9.5
280	28	43	10
285	28.5	44	10.5
290	29	44.5	11

악세사리점

ak.sse.sa.ri.jo*m

飾品店

情境對話一 ♪ Track 227

A

韓 목걸이를 찾으십니까 ?

中 摸狗里惹 擦資心你嘎

羅 mok.go*.ri.reul/cha.jeu.sim.ni.ga

譯 您在找項鍊嗎 ?

B

韓 네 , 이 옷과 잘 어울리는 목걸이를 찾고 있어요 .

中 內 衣喔瓜 差兒 喔烏兒里能 摸狗里惹 擦勾衣搜呦

羅 ne//i/ot.gwa/jal/o*.ul.li.neun/mok.go*.ri.reul/chat.go/i.sso*.yo

譯 是的 , 我在找適合這件衣服的項鍊。

A

韓 이건 어떻습니까 ?

中 衣拱 喔豆森你嘎

羅 i.go*n/o*.do*.sseum.ni.ga

譯 這個怎麼樣 ?

B

韓 괜찮은데요 . 다른 비슷한 디자인 것도 보여주세요 .

中 魁餐能貼呦 他冷 匹思貪 低渣銀 狗豆 波呦

租誰呦

韓 gwe*n.cha.neun.de.yo//da.reun/bi.seu.tan/
di.ja.in/go*t.do/bo.yo*/ju.se.yo

譯 不錯耶！也給我看看其他類似的款式。

A

韓 비슷한 것은 이것과 이것이 있습니다 .

中 匹思貪 狗神 衣狗瓜 衣狗西 衣森你打

羅 bi.seu.tan/go*.seun/i.go*t.gwa/i.go*.si/
it.sseum.ni.da

譯 類似的款式還有這個和這個。

B

韓 이것도 예쁘네요 . 제가 한 번 착용해봐도 될
까요 ?

中 衣狗豆 耶撥內呦 賊嘎 憨 崩 擦個呦黑霸豆
腿兒嘎呦

羅 i.go*t.do/ye.beu.ne.yo//je.ga/han/bo*n/cha.
gyong.he*.bwa.do/dwel.ga.yo

譯 這個也很美耶！我可以試戴看看嗎？

A

韓 물론입니다 . 제가 도와 드릴게요 .

中 目兒龍您你打 賊嘎 頭哇 特理兒給呦

羅 mul.lo.nim.ni.da//je.ga/do.wa/deu.ril.ge.yo

譯 當然，我來幫您。

情境對話二   ♪ Track 228

A

韓 가짜 같은데요 .

中 卡渣 卡疼貼呦

羅 ga.jja/ga.teun.de.yo

譯 很像假的。

B

韓 맞아요 . 진짜라면 엄청 비싸겠죠 .

中 媽渣呦 金渣拉謬恩 翁聰 匹沙給救

羅 ma.ja.yo//jin.jja.ra.myo*n/o*m.cho*ng/
bi.ssa.get.jjyo

譯 沒錯，真的的話，會很貴囉！

情境對話三　　　　　　　　　　♪ Track 229

A

韓 감정서도 함께 주시죠 ?

中 砍宗搜豆 憨給 租西救

羅 gam.jo*ng.so*.do/ham.ge/ju.si.jyo

譯 鑒定卡也會一起給我吧 ?

B

韓 물론이지요 . 이미 보석 상자 안에 넣어 드렸
어요 .

中 目兒龍你基呦 衣咪 波嫩 商渣 啊內 樓喔 特
六搜呦

羅 mul.lo.ni.ji.yo//i.mi/bo.so*k/sang.ja/a.ne/
no*.o*/deu.ryo*.sso*.yo

譯 那當然，我已經放入珠寶盒裡面了。

情境對話四　　　　　　　　　　♪ Track 230

A

韓 이거 진짜 금인가요 ? 도금인가요 ?

中 衣狗 金渣 可民嘎呦 頭跟敏嘎呦

羅 i.go*/jin.jja/geu.min.ga.yo//do.geu.min.
ga.yo

譯 這是真的黃金，還是鍍金？

B -
韓 도금입니다 .

中 頭跟敏你打

羅 do.geu.mim.ni.da

譯 是鍍金。

情境對話五   ♪ Track 231

A -
韓 이건 몇 캐럿이죠 ?

中 衣拱 謬 K 囉西救

羅 i.go*n/myo*t/ke*.ro*.si.jyo

譯 這是幾克拉呢？

B -
韓 0.5 캐럿이에요 .

中 庸宗喔 K 囉西耶呦

羅 yo*ng.jjo*.mo/ke*.ro*.si.e.yo

譯 是 0.5 克拉。

情境對話六   ♪ Track 232

A -
韓 순은 귀걸이가 있습니까 ?

中 孫恩 歸勾里嘎 衣森你嘎

羅 su.neun/gwi.go*.ri.ga/it.sseum.ni.ga

譯 有純銀耳環嗎？

B -

韓 여기 있습니다 . 지금은 세일 중입니다 .

中 呦可衣 衣森你打 七跟悶恩 誰衣兒 尊影你打

羅 yo*.gi/it.sseum.ni.da//ji.geu.meun/se.il/jung.
im.ni.da

譯 在這裡 , 現在有打折。

A
- -

韓 이건 얼마죠 ?

中 衣拱 喔兒嗎救

羅 i.go*n/o*l.ma.jyo

譯 這個多少錢 ?

其他好用句   ♪ Track 233

韓 그 팔찌가 맘에 들어요 . 한 번 꺼내서 보여
주시겠어요 ?

中 科 怕兒渣嘎 媽妹 特囉呦 憨 崩 溝內搜 波呦
租西給搜呦

羅 geu/pal.jji.ga/ma.me/deu.ro*.yo//han/bo*n/
go*.ne*.so*/bo.yo*/ju.si.ge.sso*.yo

譯 我喜歡那條手鍊 , 可以拿出來給我看看嗎 ?
- -

韓 이게 모조품이에요 ?

中 衣給 波醜鋪咪耶呦

羅 i.ge/mo.jo.pu.mi.e.yo

譯 這是仿冒品嗎 ?
- -

韓 어떤 종류의 액세서리가 있어요 ?

中 喔東 寵六耶 A 誰搜里嘎 衣搜呦

韓 o*.do*n/jong.nyu.ui/e*k.sse.so*.ri.ga/i.sso*.yo
譯 有什麼種類的飾品呢？

韓 반지 세척도 해 주시나요 ?
中 盤幾 誰臭豆 黑 租西那呦
羅 ban.ji/se.cho*k.do/he*/ju.si.na.yo
譯 會幫我清洗戒指嗎？

韓 이건 은반지예요 ?
中 衣拱 恩般幾耶呦
羅 i.go*n/eun.ban.ji.ye.yo
譯 這是銀戒指嗎？

韓 이건 진품이죠 ?
中 衣拱 金鋪咪救
羅 i.go*n/jin.pu.mi.jyo
譯 這是真品嗎？

韓 그거 진짜 다이아몬드예요 ?
中 可狗 金渣 他衣阿蒙特耶呦
羅 geu.go*/jin.jja/da.i.a.mon.deu.ye.yo
譯 那是真的鑽石嗎？

韓 금으로 된 반지로 보여 주세요 .
中 可悶囉 推 盤幾囉 波呦 租誰呦
羅 geu.meu.ro/dwen/ban.ji.ro/bo.yo*/ju.se.yo
譯 請給我看看金戒指。

韓 커플링 좀 보고 싶은데요 .
中 叩噴兒玲 綜 波勾 西噴貼呦
羅 ko*.peul.ling/jom/bo.go/si.peun.de.yo
譯 我想看情侶戒。

韓 끼어 봐도 되나요 ?
中 個衣喔 爸豆 腿那呦
羅 gi.o*/bwa.do/dwe.na.yo
譯 我可以試戴看看嗎 ?

韓 진주 목걸이 있나요 ?
中 金租 末狗里 影那呦
羅 jin.ju/mok.go*.ri/in.na.yo
譯 有珍珠項錬嗎 ?

韓 그 사파이어 반지는 예쁘네요 .
中 科 沙怕衣喔 盤幾能 耶奔內呦
羅 geu/sa.pa.i.o*/ban.ji.neun/ye.beu.ne.yo
譯 那個藍寶石戒指好美呢 !

韓 반지는 제 사이즈로 고칠 수 있을까요 ?
中 盤幾能 賊 沙衣資囉 口七兒 酥 衣奢嘎呦
羅 ban.ji.neun/je/sa.i.jeu.ro/go.chil/su/i.sseul.
   ga.yo
譯 戒指可以修改成我的尺寸嗎 ?

單字		拼音
액세서리 飾品	羅 中	e*k.sse.so*.ri A 誰搜里
반지 戒指	羅 中	ban.ji 盤幾
목걸이 項鍊	羅 中	mok.go*.ri 末狗里
귀걸이 耳環	羅 中	gwi.go*.ri 魁狗里
넥타이핀 領帶夾	羅 中	nek.ta.i.pin 內他衣拼
브로치 胸針	羅 中	beu.ro.chi 噴囉氣
뱅글 手鐲	羅 中	be*ng.geul 貝恩哥兒
펜던트 鍊墜	羅 中	pen.do*n.teu 培恩東特
팔찌 手鍊	羅 中	pal.jji 怕兒幾
발찌 腳鍊	羅 中	bal.jji 趴兒幾
헤어핀 髮夾	羅 中	he.o*.pin 黑喔拼恩

화장품 매장
hwa.jang.pum/me*.jang
化妝品店

A

韓 스킨을 찾고 있는데요 .

中 斯可衣呢兒 擦勾 影能貼呦

羅 seu.ki.neul/chat.go/in.neun.de.yo

譯 我在找化妝水。

B

韓 미백 기능이에요 ? 보습 기능이에요 ?

中 咪貝 可依能衣 A 呦 波奢不 可衣能衣 A 呦

羅 mi.be*k/gi.neung.i.e.yo//bo.seup/gi.neung.
i.e.yo

譯 是美白機能的？還是保濕機能的？

A

韓 보습 기능 스킨 좀 보여 주세요 .

中 波奢不 可衣能 斯可銀 粽 波呦 租誰呦

羅 bo.seup/gi.neung/seu.kin/jom/bo.yo*/ju.se.yo

譯 請給我看看保濕機能的化妝水。

A

韓 좋은 로션 좀 추천해 주세요 .

中 醜恩 囉修恩 綜 粗聰內 租誰呦

羅 jo.eun/ro.syo*n/jom/chu.cho*n.he*/ju.se.yo

譯 請推薦我不錯用的乳液。

B --

韓 피부 타입이 지성인가요 , 건성인가요 ?

中 匹不 踏衣逼 七松銀嘎呦 恐松銀嘎呦

羅 pi.bu/ta.i.bi/ji.so*ng.in.ga.yo//go*n.so*ng.
in.ga.yo

譯 您的皮膚是油性的 , 還是乾性的 ?

A --

韓 제 피부는 건성인 편이에요 .

中 賊 匹步能 恐松銀 匹呦你呦

羅 je/pi.bu.neun/go*n.so*ng.in/pyo*.ni.e.yo

譯 我的皮膚算是乾性的。

B --

韓 이건 보습 로션입니다 . 한 번 발라 보세요 .

中 衣拱 波奢不 囉修您你打 憨 崩 怕兒拉 波誰呦

羅 i.go*n/bo.seup/ro.syo*.nim.ni.da//han/bo*n/
bal.la/bo.se.yo

譯 這是保濕乳液。請擦擦看。

情境對話三   ♪ Track 237

A --

韓 이 향이 좋은데요 . 무슨 향이에요 ?

中 衣 喝鴨衣 醜恩貼呦 目深 喝鴨衣耶呦

羅 i/hyang.i/jo.eun.de.yo//mu.seun/hyang.
i.e.yo

譯 這個好香。這是什麼香啊 ?

B --

韓 향기가 정말 좋죠 ? 라벤더 향이에요 .

中 喝鴨可衣嘎 寵嗎兒 醜救 拉貝恩投 喝鴨衣耶呦

羅 hyang.gi.ga/jo*ng.mal/jjo.chyo//ra.ben.do*/
hyang.i.e.yo

譯 真的很香吧？這是薰衣草香。

情境對話四 ♪ Track 238

A

韓 이거 좀 발라 봐도 되나요?

中 衣狗 綜 怕兒拉 爸豆 腿那呦

羅 i.go*/jom/bal.la.bwa.do/dwe.na.yo

譯 我可以擦擦看這個嗎？

B

韓 네, 여기 샘플이 있습니다.

中 內 呦可衣 誰噴里 衣森你打

羅 ne//yo*.gi/se*m.peu.ri/it.sseum.ni.da

譯 可以，這裡有試用品。

情境對話五 ♪ Track 239

A

韓 BB 크림을 사고 싶은데요. 어느 색이 저한
테 어울려요?

中 BB 可領悶兒 沙勾 西噴貼呦 喔呢 誰可衣 醜
憨貼 喔烏兒溜呦

羅 BB.keu.ri.meul/ssa.go/si.peun.de.yo//
o*.neu/se*.gi/jo*.han.te/o*.ul.lyo*.yo

譯 我想買 BB 霜。那個顏色適合我呢？

B

韓 피부가 하야셔서 밝은 색이 잘 어울릴 것 같

아요 .

中 匹步嘎 哈押修搜 怕兒跟 誰可衣 差兒 喔烏
兒里兒 狗 嘎他呦

羅 pi.bu.ga/ha.ya.syo*.so*/bal.geun/se*.gi/jal/
o*.ul.lil/go*t.ga.ta.yo

譯 您的皮膚很白，應該很適合亮的顏色。

情境對話六　　　　　　　　　　　♪ Track 240

A

韓 매니큐어는 한 번 발라 봐도 됩니까 ?

中 妹你可 U 喔能 憨崩 怕兒拉 爸豆 腿你嘎

羅 me*.ni.kyu.o*.neun/han/bo*n/bal.la.bwa.do/
dwem.ni.ga

譯 我可以試擦指甲油嗎 ?

B

韓 예 , 발라 보세요 .

中 耶 怕兒拉 波誰呦

羅 ye//bal.la/bo.se.yo

譯 可以 , 請試擦看看。

A

韓 이거보다 더 진한 분홍색이 없나요 ?

中 衣狗波打 頭 金憨 鋪恩哄誰可衣 翁那呦

羅 i.go*.bo.da/do*/jin.han/bun.hong.se*.gi/
o*m.na.yo

譯 沒有比這個更深的粉色嗎 ?

B

韓 없습니다 . 그건 제일 진한 분홍색입니다 .
빨간색도 예뻐요 .

中 喔不森你打 可拱 賊衣兒 金憨 鋪恩哄誰個影
你打 爸兒乾誰豆 耶撥呦

羅 o*p.sseum.ni.da//geu.go*n/je.il/jin.han/bun.
hong.se*.gim.ni.da//bal.gan.se*k.do/ye.bo*.yo

譯 沒有，那是最深的粉色了。紅色也很好看。

A

韓 그래요? 제가 한 번 발라 볼게요.

中 可類呦 賊嘎 憨 崩 怕兒拉 撥兒給呦

羅 geu.re*.yo//je.ga/han/bo*n/bal.la/bol.ge.yo

譯 這樣啊？那我擦看看。

其他好用句   ♪ Track 241

韓 자외선 차단 효과가 있는 아이크림을 찾는
데요.

中 差威松 差單 喝呦瓜嘎 影能 阿衣可理悶兒
擦能貼呦

羅 ja.we.so*n/cha.dan/hyo.gwa.ga/in.neun/
a.i.keu.ri.meul/chan.neun.de.yo

譯 我在找有防曬功能的眼霜。

韓 이 향기는 어느 향수 냄새인가요?

中 衣 喝鴨可衣能 喔呢 喝鴨恩酥 雷恩誰影嘎呦

羅 i/hyang.gi.neun/o*.neu/hyang.su/ne*m.se*.
in.ga.yo

譯 這個香是哪個香水的味道？

韓 립스틱 좀 볼 수 있을까요?

中 力不思替 綜 波兒 酥 衣奢嘎呦

羅 rip.sseu.tik/jom/bol/su/i.sseul.ga.yo
譯 我可以看看口紅嗎？

韓 민감성 피부라면 어떤 제품이 좋을까요 ?
中 民乾松 匹步拉謬恩 喔東 賊鋪咪 醜兒嘎呦
羅 min.gam.so*ng/pi.bu.ra.myo*n/o*.do*n/
je.pu.mi/jo.eul.ga.yo
譯 如果是敏感性肌膚，哪種產品好呢？

韓 피부 트러블이 심해요 .
中 匹步 特囉噴里 新黑呦
羅 pi.bu/teu.ro*.beu.ri/sim.he*.yo
譯 我皮膚狀況很多。

韓 지성 피부용 기초 화장품을 추천해 주세요 .
中 基松 匹步庸 可衣抽 花髒鋪悶兒 粗聰黑 租誰呦
羅 ji.so*ng/pi.bu.yong/gi.cho/hwa.jang.
pu.meul/chu.cho*n.he*/ju.se.yo
譯 請推薦我油性肌膚用的基礎化妝品。

韓 미백 기능 에센스는 어떤 것이 있나요 ?
中 咪貝 可衣能 A 誰恩斯能 喔東 狗西 影那呦
羅 mi.be*k/gi.neung/e.sen.seu.neun/o*.do*n/
go*.si/in.na.yo
譯 有美白機能的精華液有哪些？

韓 비비크림 샘플 좀 주시겠어요 ?

中　BB 可另 誰恩噴兒 綜 租西給搜呦

羅　bi.bi.keu.rim/se*m.peul/jom/ju.si.ge.sso*.yo

譯　可以給我 BB 霜的試用包嗎？

韓　보습 크림은 어디에 있어요 ?

中　波捨 可里悶 喔滴 A 衣搜呦

羅　bo.seup/keu.ri.meun/o*.di.e/i.sso*.yo

譯　請問保濕霜在哪裡？

韓　아이섀도를 좀 보여 주세요 .

中　阿衣誰斗惹 綜 波悠 租誰呦

羅　a.i.sye*.do.reul/jjom/bo.yo*/ju.se.yo

譯　請給我看眼影。

韓　마스카라는 어디에 있어요 ?

中　媽思卡拉能 喔低 A 衣搜呦

羅　ma.seu.ka.ra.neun/o*.di.e/i.sso*.yo

譯　睫毛膏在哪裡呢？

單字		拼音
화장품	羅	hwa.jang.pum
化妝品	中	花齁鋪恩
메이크업	羅	me.i.keu.o*p
化妝	中	妹衣可喔不
립스틱	羅	rip.sseu.tik
口紅	中	粒不思替
볼터치	羅	bol.to*.chi
腮紅	中	撥兒頭七
아이섀도	羅	a.i.sye*.do
眼影	中	阿衣誰斗
썬크림	羅	sso*n.keu.rim
防曬乳	中	送可領
립 라이너	羅	rip/ra.i.no*
唇線筆	中	粒不 拉衣樓
립글로스	羅	rip.geul.lo.seu
唇蜜	中	粒哥兒囉思
인조눈썹	羅	in.jo.nun.sso*p
假睫毛	中	銀醜努恩嗽
아이브로 펜슬	羅	a.i.beu.ro/pen.seul
眉筆	中	阿衣波囉 培奢兒
눈썹집게	羅	nun.sso*p.jjip.ge
睫毛夾	中	努恩嗽幾給

| 브러쉬 | 羅 | beu.ro*.swi |
| 腮紅刷 | 中 | 波囉需 |

| 콤팩트 | 羅 | kom.pe*k.teu |
| 粉餅 | 中 | 恐恩配特 |

| 파운데이션 | 羅 | pa.un.de.i.syo*n |
| 粉底液 | 中 | 怕溫貼衣休恩 |

| 아이라이너 | 羅 | a.i.ra.i.no* |
| 眼線筆 | 中 | 阿衣拉衣樓 |

| 마스카라 | 羅 | ma.seu.ka.ra |
| 睫毛膏 | 中 | 媽思卡拉 |

| 립 케어 | 羅 | rip/ke.o* |
| 護唇膏 | 中 | 力不 K 喔 |

| 마스크 팩 | 羅 | ma.seu.keu/pe*k |
| 面膜 | 中 | 嗎思可 配 |

| 스킨 | 羅 | seu.kin |
| 化妝水 | 中 | 思可銀 |

| 로션 | 羅 | ro.syo*n |
| 乳液 | 中 | 囉修恩 |

| 에센스 | 羅 | e.sen.seu |
| 精華液 | 中 | A 誰恩斯 |

| 아이크림 | 羅 | a.i.keu.rim |
| 眼霜 | 中 | 阿衣可領 |

패션잡화

pe*.syo*n.ja.pwa

流行雜貨

情境對話一

♪ Track 243

A

韓 지갑을 사고 싶은데요 . 신상품이 나와 있어요 ?

中 七嘎撥 沙勾 西噴貼呦 新商鋪咪 那哇 衣搜呦

羅 ji.ga.beul/ssa.go/si.peun.de.yo//sin.sang.
pu.mi/na.wa/i.sso*.yo

譯 我想買皮夾 , 新貨出來了嗎 ?

B

韓 예 , 이미 나와 있습니다 . 여기 있습니다 .

中 耶 衣咪 那哇 衣森你打 呦可衣 衣森你打

羅 ye//i.mi/na.wa/it.sseum.ni.da//yo*.gi/
it.sseum.ni.da

譯 是的 , 新貨已經出來了 , 在這裡 。

A

韓 이건 진짜 가죽이에요 ?

中 衣拱 金渣 卡租可衣耶呦

羅 i.go*n/jin.jja/ga.ju.gi.e.yo

譯 這是真皮嗎 ?

B

韓 예 , 진짜 소가죽입니다 .

中 耶 金渣 搜卡咒可影你打

羅 ye//jin.jja/so.ga.ju.gim.ni.da

譯 對 , 是真牛皮 。

A

韓 이 브랜드는 수입품입니까?

中 衣 波雷的能 酥衣不鋪敏你嘎

羅 i/beu.re*n.deu.neun/su.ip.pu.mim.ni.ga

譯 這個品牌是進口貨嗎?

B

韓 아닙니다 . 한국제입니다 .

中 阿您你打 韓估賊影你打

羅 a.nim.ni.da//han.guk.jje.im.ni.da

譯 不,是韓國製的。

情境對話二   ♪ Track 244

A

韓 이 스카프가 맘에 드네요 . 하나 사려고요 .

中 衣 斯卡噴嘎 媽妹 特內呦 哈那 沙溜勾呦

羅 i/seu.ka.peu.ga/ma.me/deu.ne.yo//ha.na/
   sa.ryo*.go.yo

譯 這條絲巾我很喜歡,想買一條。

B

韓 지금 20% 할인 중입니다 .

中 七跟恩 衣系噴囉 哈林 尊影你打

羅 ji.geum/i.sip.peu.ro/ha.rin/jung.im.ni.da

譯 現在有打八折。

A

韓 정말요? 스카프 묶는 법 좀 가르쳐 주시겠
   어요?

中 寵媽溜 斯卡噴 目能 撥不 綜 卡了秋 租西給
   搜呦

羅 jo*ng.ma.ryo//seu.ka.peu/mung.neun/bo*p/
jom/ga.reu.cho*/ju.si.ge.sso*.yo

譯 真的嗎?可以教我圍絲巾的方法嗎?

A

韓 예쁜 머리핀 좀 보여 주세요.

中 耶奔 摸里賓 綜 波呦 租誰呦

羅 ye.beun/mo*.ri.pin/jom/bo.yo*/ju.se.yo

譯 請給我看看漂亮的髮夾。

B

韓 이건 어떠세요? 요즘엔 이런 스타일이 유행
이에요.

中 衣拱 喔豆誰呦 呦曾妹恩 衣龍 思他衣里 U
黑衣耶呦

羅 i.go*n/o*.do*.se.yo//yo.jeu.men/i.ro*n/seu.
ta.i.ri/yu.he*ng.i.e.yo

譯 這個怎麼樣?最近這種樣式很流行。

A

韓 예쁘네요. 거울 있어요?

中 耶撥內呦 口屋兒 衣搜呦

羅 ye.beu.ne.yo//go*.ul/i.sso*.yo

譯 很好看耶!有鏡子嗎?

韓 넥타이가 있습니까?

中 內他衣嘎 衣森你嘎

羅 nek.ta.i.ga/it.sseum.ni.ga

譯 有領帶嗎？

韓 무지인 것은 없습니까 ?
中 目基銀 狗神 喔不森你嘎
羅 mu.ji.in/go*.seun/o*p.sseum.ni.ga
譯 沒有無花紋的嗎？

韓 핸드백을 보고 싶은데요 .
中 黑特背哥 跛溝 西噴爹呦
羅 he*n.deu.be*.geul/bo.go/si.peun.de.yo
譯 我想看手提包。

韓 저기 걸려 있는 모자 좀 보여 주세요 .
中 醜可衣 口兒溜 衣能 摸炸 綜 頗呦 組誰呦
羅 jo*.gi/go*l.lyo*.in.neun/mo.ja/jom/bo.yo*/
   ju.se.yo
譯 請給我看掛在那裡的帽子。

韓 세일중인 목도리들이 어떤 건가요 ?
中 誰衣兒尊因 末頭里的里 喔東 拱嘎呦
羅 se.il.jung.in/mok.do.ri.deu.ri/o*.do*n/go*n.
   ga.yo
譯 特價中的圍巾是哪些呢？

旅遊關鍵字 — 各類配件

單字	拼音
모자 帽子	羅　mo.ja 中　摸渣
야구모자 棒球帽	羅　ya.gu.mo.ja 中　押估摸渣
목도리 圍巾	羅　mok.do.ri 中　默豆里
넥타이 領帶	羅　nek.ta.i 中　內他衣
허리띠 皮帶	羅　ho*.ri.di 中　齁里底
장갑 手套	羅　jang.gap 中　常嘎不
손수건 手帕	羅　son.su.go*n 中　鬆酥拱
양말 襪子	羅　yang.mal 中　洋媽兒
타이츠 緊身襪	羅　ta.i.cheu 中　他衣資
스카프 絲巾	羅　seu.ka.peu 中　思卡噴
스타킹 絲襪	羅　seu.ta.king 中　思他可衣恩

旅遊關鍵字 — 包包＆髮飾

♪ Track 248

單字	拼音	
가방	羅	ga.bang
包包	中	卡邦
지갑	羅	ji.gap
皮夾	中	七嘎不
손가방	羅	son.ga.bang
手提包	中	松嘎幫
명품 가방	羅	myo*ng.pum/ga.bang
名牌包	中	謬恩鋪恩 卡邦
배낭	羅	be*.nang
背包	中	陪男恩
파우치	羅	pa.u.chi
化妝包	中	怕屋七
솔더백	羅	syol.do*.be*k
側背包	中	修兒兜被
머리띠	羅	mo*.ri.di
髮箍	中	摸里底
머리끈	羅	mo*.ri.geun
髮圈	中	摸里跟恩
실핀	羅	sil.pin
一字夾	中	西兒賓
가발	羅	ga.bal
假髮	中	卡爸兒

안경점

an.gyo*ng.jo*m

眼鏡店

A

韓 컬러렌즈 좀 사고 싶은데요 . 어떤 색이 있는
지 보여 주시겠어요 ?

中 叩兒囉雷資 綜 沙勾 西噴貼呦 喔東 誰可衣
影能幾 波呦 租西給搜呦

羅 ko*l.lo*.ren.jeu/jom/sa.go/si.peun.de.yo//
o*.do*n/se*.gi/in.neun.ji/bo.yo*/ju.si.
ge.sso*.yo

譯 我想買放大片 , 可以給我看看有哪些顏色嗎 ?

B

韓 일회용 렌즈입니까 ?

中 衣瑞永 類恩資影你嘎

羅 il.hwe.yong/ren.jeu.im.ni.ga

譯 是日抛嗎 ?

A

韓 아니에요 . 1 년 착용렌즈로 보여 주세요 .

中 阿逆耶呦 衣兒妞 擦個呦雷資囉 波呦 租誰呦

羅 a.ni.e.yo//il.lyo*n/cha.gyong.nen.jeu.ro/
bo.yo*/ju.se.yo

譯 不 , 請給我看可以帶一年的鏡片 。

A

韓 안경 도수는 어떻게 됩니까 ?

中 安個呦 頭酥能 喔豆 K 腿你嘎

羅 an.gyo*ng/do.su.neun/o*.do*.ke/dwem.ni.ga

譯 您的眼鏡度數是多少 ?

B

韓 우측은 -4.50 이고 좌측은 -3.00 입니다 .

中 屋策跟 媽衣樓思 沙宗喔空衣勾 抓測跟 媽衣樓思 三宗庸庸影你打

羅 u.cheu.geun/ma.i.no*.seu/sa.jjo*.mo.gong.i.go/jwa.cheu.geun/ma.i.no*.seu/sam.jjo*.myo*ng.yo*ng.im.ni.da

譯 右邊是 -4.50 左邊是 -3.00。

情境對話三 ♪ Track 251

A

韓 렌즈케이스는 공짜로 주시나요 ?

中 雷恩資 K 衣思能 工渣囉 租西那呦

羅 ren.jeu.ke.i.seu.neun/gong.jja.ro/ju.si.na.yo

譯 隱形眼鏡盒是免費送的嗎 ?

B

韓 네 , 보존액과 함께 드리겠습니다 .

中 內 波宗 A 瓜 憨給 特里給森你打

羅 ne//bo.jo.ne*k.gwa/ham.ge/deu.ri.get.sseum.ni.da

譯 是的 , 會和保存液一起給您。

情境對話四 ♪ Track 252

A

韓 안경테가 부러졌어요 . 고칠 수 있어요 ?

中 安個呦鐵嘎 鋪囉救搜搜呦 口七兒 酥 衣搜呦

羅 an.gyo*ng.te.ga/bu.ro*.jo*.sso*.yo//go.chil/
su/i.sso*.yo

譯 眼鏡架斷掉了。可以修嗎 ?

B

韓 주세요 . 제가 한 번 고쳐 볼게요 .

中 租誰呦 賊嘎 憨 崩 口秋 波兒給呦

羅 ju.se.yo//je.ga/han/bo*n/go.cho*/bol.ge.yo

譯 給我 , 我修看看。

A

韓 감사합니다 .

中 感沙憨你打

羅 gam.sa.ham.ni.da

譯 謝謝。

其他好用句   ♪ Track 253

韓 여기 선글라스도 팝니까 ?

中 呦可衣 松哥兒拉思豆 盤你嘎

羅 yo*.gi/so*n.geul.la.seu.do/pam.ni.ga

譯 這裡也有賣太陽眼鏡嗎 ?

韓 여기 무료 시력 검사를 해 주나요 ?

中 呦可衣 目六 西六 恐沙惹 黑 租那呦

羅 yo*.gi/mu.ryo/si.ryo*k/go*m.sa.reul/he*/
ju.na.yo

譯 這裡幫人免費視力檢查嗎 ?

韓 저는 원시입니다 .
中 醜能 我恩西影你打
羅 jo*.neun/won.si.im.ni.da
譯 我是遠視。

韓 이 선글라스가 저에게 잘 어울리나요 ?
中 衣 松哥兒拉斯嘎 醜 A 給 差兒 喔屋兒理那呦
羅 i/so*n.geul.la.seu.ga/jo*.e.ge/jal/o*.ul.li.na.yo
譯 這副太陽眼鏡適合我嗎？

韓 3 만원 이하의 칼라렌즈를 보여 주세요 .
中 三曼我恩 衣哈 A 咖兒拉類資惹 波悠 租誰呦
羅 sam.ma.nwon/i.ha.ui/kal.la.ren.jeu.reul/
bo.yo*/ju.se.yo
譯 請給我看三萬韓元以內的變色片。

韓 렌즈 보존액 한 병에 얼마예요 ?
中 類資 坡宗 A 憨 匹呦 A 喔兒媽耶呦
羅 ren.jeu/bo.jo.ne*k/han/byo*ng.e/o*l.ma.ye.yo
譯 鏡片保養液一瓶多少錢？

韓 여기 안경 수리는 가능합니까 ?
中 優可衣 安個悠恩 蘇理能 卡能憨你嘎
羅 yo*.gi/an.gyo*ng/su.ri.neun/ga.neung.ham.
ni.ga
譯 這裡可以修理眼鏡嗎？

旅遊關鍵字 — 眼鏡

♪ Track 254

單字		拼音
안경가게 眼鏡行	羅 中	an.gyo*ng.ga.ge 安個呦卡給
안경 眼鏡	羅 中	an.gyo*ng 安個呦
선글라스 太陽眼鏡	羅 中	so*n.geul.la.seu 松哥兒拉斯
돋보기안경 老花眼鏡	羅 中	dot.bo.gi.an.gyo*ng 透波可衣安個呦
안경렌즈 鏡片	羅 中	an.gyo*ng.nen.jeu 安個呦類恩資
안경테 鏡架	羅 中	an.gyo*ng.te 安個呦鐵
안경집 眼鏡盒	羅 中	an.gyo*ng.jip 安個呦幾不
콘택트렌즈 隱形眼鏡	羅 中	kon.te*k.teu.ren.jeu 空鐵特類恩資
컬러렌즈 瞳孔放大片	羅 中	ko*l.lo*.ren.jeu 口兒囉雷恩資
렌즈집게 鏡片夾	羅 中	ren.jeu.jip.ge 雷恩資幾不給
렌즈공병 小空瓶	羅 中	ren.jeu.gong.byo*ng 雷恩資空匹呦恩

서점
so*.jo*m

書局

情境對話一 ♪ Track 255

A

韓 책을 사려고 하는데요 . 근처에 서점이 있어요 ?

中 疵耶哥 沙溜勾 哈能貼呦 肯醜 A 搜總咪 衣
搜呦

羅 che*.geul/ssa.ryo*.go/ha.neun.de.yo//geun.
cho*.e/so*.jo*.mi/i.sso*.yo

譯 我想買書 , 請問這附近有書店嗎 ?

B

韓 저기 은행 건너편에 서점이 하나 있습니다 .
가 보세요 .

中 醜可衣 恩黑恩 恐樓匹呦內 搜走咪 哈那 衣
森你打 卡 波誰呦

羅 jo*.gi/eun.he*ng/go*n.no*.pyo*.ne/so*.jo*.
mi/ha.na/it.sseum.ni.da//ga/bo.se.yo

譯 那裡的銀行對面有一間書局 , 您去那看看吧。

情境對話二 ♪ Track 256

A

韓 패션잡지 사고 싶은데 어느 쪽이에요 ?

中 配兄渣不幾 沙勾 西噴貼 喔呢 走可衣耶呦

羅 pe*.syo*n.jap.jji/sa.go/si.peun.de/o*.neu/jjo.
gi.e.yo

譯 我想買流行雜誌，在哪一邊呢？

B

韓 잡지들은 다 저쪽에 있습니다. 가 보시면 보입니다.

中 渣幾得冷 他 醜走給 衣森你打 卡 波西謬恩 波影你打

羅 jap.jji.deu.reun/da/jo*.jjo.ge/it.sseum.ni.da//ga/bo.si.myo*n/bo.im.ni.da

譯 雜誌都在那一邊，您走過去就會看到了。

情境對話三   ♪ Track 257

A

韓 책 하나를 찾고 있는데 좀 도와 주시겠어요？

中 疵耶 哈那惹 擦勾 影能貼 綜 頭哇 租西給 搜呦

羅 che*k/ha.na.reul/chat.go/in.neun.de/jom/do.wa/ju.si.ge.sso*.yo

譯 我在找一本書，可以幫個忙嗎？

B

韓 책 제목은 뭡니까？

中 疵耶 賊末跟 猛你嘎

羅 che*k/je.mo.geun/mwom.ni.ga

譯 書名是什麼？

A

韓 책 제목은 < 여행 한국어 회화 > 인데요.

中 資耶 賊摸跟 呦喝黑 憨估狗 灰花影貼呦

羅 che*k/je.mo.geun/yo*.he*ng/han.gu.go*/hwe.hwa.in.de.yo

譯 書名是〈旅遊韓語會話〉。

♪ Track 258

韓 서적 코너는 어디입니까 ?

中 搜走 叩樓能 喔滴影你嘎

羅 so*.jo*k/ko.no*.neun/o*.di.im.ni.ga

譯 書籍區在哪裡呢 ?

韓 한국어 회화책을 찾고 있는데요 .

中 憨估狗 灰花賊哥 擦溝 衣能爹呦

羅 han.gu.go*/hwe.hwa.che*.geul/chat.go/
in.neun.de.yo

譯 我在找韓國語會話書籍。

韓 이것은 초급자 대상의 교과서예요 ?

中 喔狗神 醜個不渣 貼賞耶 可呦誇搜耶呦

羅 i.go*.seun/cho.geup.jja/de*.sang.ui/gyo.
gwa.so*.ye.yo

譯 這是以初學者為對象的教科書嗎 ?

특산물 매장

teuk.ssan.mul/me*.jang

名產店

情境對話一

♪ Track 259

A

韓 이곳 특산물이 뭔가요?

中 衣狗 特山目里 猛嘎呦

羅 i.got/teuk.ssan.mu.ri/mwon.ga.yo

譯 這裡的特產是什麼?

B

韓 여기는 제주도입니다. 감귤과 유자차가 유명합니다.

中 呦可衣能 賊租斗影你打 感個U瓜U渣擦嘎U謬恩憨你打

羅 yo*.gi.neun/je.ju.do.im.ni.da//gam.gyul.gwa/yu.ja.cha.ga/yu.myo*ng.ham.ni.da

譯 這裡是濟州島,橘子和柚子茶很有名。

情境對話二

♪ Track 260

A

韓 인삼을 사고 싶은데 여기 팝니까?

中 銀山悶兒 沙勾 西噴貼 呦可衣 盤你嘎

羅 in.sa.meul/ssa.go/si.peun.de/yo*.gi/pam.ni.ga

譯 我想買人參,這裡有賣嗎?

B

韓 물론 있습니다 . 여기는 다 인삼 제품입니다 .

中 目兒龍 衣森你打 呦可衣能 他 銀山 賊鋪敏
你打

羅 mul.lon/it.sseum.ni.da//yo*.gi.neun/da/
in.sam/je.pu.mim.ni.da

譯 當然有 , 這裡都是人參製品。

A

韓 홍삼 제품도 있습니까 ? 어떤 것들이 있는지
추천 좀 부탁합니다 .

中 哄山 賊鋪恩豆 衣森你嘎 喔東 狗的里 影能
幾 粗聰 綜 鋪他砍你打

羅 hong.sam/je.pum.do/it.sseum.ni.ga//
o*.do*n/go*t.deu.ri/in.neun.ji/chu.cho*n/
jom/bu.ta.kam.ni.da

譯 也有紅參製品嗎 ? 麻煩您介紹一下有哪些。

(情境對話三)   ♪ Track 261

A

韓 기념품으로 뭐가 좋을까요 ?

中 可衣妞恩鋪悶囉 摸嘎 醜兒嘎呦

羅 gi.nyo*m.pu.meu.ro/mwo.ga/jo.eul.ga.yo

譯 紀念品買什麼好呢 ?

B

韓 한복 입은 인형은 어떻습니까 ? 장식품으로
도 좋고 선물용으로도 좋습니다 .

中 韓播 衣奔 銀喝呦恩 喔豆森你嘎 長系鋪悶囉
豆 醜夠 松木六兒囉豆 醜森你打

羅 han.bok/i.beun/in.hyo*ng.eun/o*.do*.

sseum.ni.ga//jang.sik.pu.meu.ro.do/jo.ko/
so*n.mu.ryong.eu.ro.do/jo.sseum.ni.da

譯 韓服人偶怎麼樣呢？當裝飾品也很棒，拿去送禮也不錯。

A

韓 와, 이런 복식은 한국 드라마에서 많이 봤어요. 예쁘네요.

中 哇 衣龍 撥系跟 憨估 特拉嗎耶搜 嗎你 怕搜 呦 耶奔內呦

羅 wa//i.ro*n/bok.ssi.geun/han.guk/deu.ra.ma.
e.so*/ma.ni/bwa.sso*.yo//ye.beu.ne.yo

譯 哇，這樣的服飾在韓劇中很常看到，好美喔！

情境對話四　　　　　　　　　♪ Track 262

A

韓 김하고 고추장을 사려고 합니다. 김 좀 시식 해 봐도 돼요?

中 可音哈勾 口粗髒兒 沙溜勾 憨你打 可音 綜 西系 K 爸豆 腿呦

羅 gim.ha.go/go.chu.jang.eul/ssa.ryo*.go/
ham.ni.da//gim/jom/si.si.ke*/bwa.do/dwe*.yo

譯 我想買海苔和辣椒醬，海苔可以試吃嗎？

B

韓 물론입니다. 여기 있습니다.

中 目兒龍您你打 呦可衣 衣森你打

羅 mul.lo.nim.ni.da//yo*.gi/it.sseum.ni.da

譯 當然可以，在這裡。

韓 이곳은 뭐로 유명한가요 ?

中 衣狗神 摸囉 U 謬恩憨嘎呦

羅 i.go.seun/mwo.ro/yu.myo*ng.han.ga.yo

譯 這裡什麼有名呢 ?

韓 기념품으로 살 만한 것이 있을까요 ?

中 可衣妞恩鋪悶囉 沙兒 蠻憨 狗西 衣奢嘎呦

羅 gi.nyo*m.pu.meu.ro/sal/man.han/go*.si/
i.sseul.ga.yo

譯 有什麼紀念品好買呢 ?

韓 이 근처에 고려인삼을 파는 가게가 있습니까 ?

中 衣 肯醜 A 口溜銀賞兒 怕能 卡給嘎 衣森你嘎

羅 i/geun.cho*.e/go.ryo*.in.sa.meul/pa.neun/
ga.ge.ga/it.sseum.ni.ga

譯 這附近有賣高麗人蔘的店嗎 ?

韓 이 초콜릿은 무슨 맛이에요 ?

中 衣 抽口兒力神 目深 媽西耶呦

羅 i/cho.kol.li.seun/mu.seun/ma.si.e.yo

譯 這個巧克力是什麼味道 ?

旅遊關鍵字 — 特產＆紀念品

♪ Track 264

單字		拼音
특산물	羅	teuk.ssan.mul
名產	中	特山目兒
김치	羅	gim.chi
泡菜	中	可衣恩七
유자차	羅	yu.ja.cha
柚子茶	中	U 渣擦
김	羅	gim
海苔	中	可衣恩
인삼	羅	in.sam
人蔘	中	銀商
고려홍삼액	羅	go.ryo*.hong.sa.me*k
高麗紅蔘液	中	口溜哄商 A
감귤초콜릿	羅	gam.gyul.cho.kol.lit
橘子巧克力	中	砍個 U 兒抽口兒力
김초콜릿	羅	gim.cho.kol.lit
海苔巧克力	中	可衣恩抽口兒力
전통주	羅	jo*n.tong.ju
傳統酒	中	蟲通租
막걸리	羅	mak.go*l.li
米酒	中	罵狗兒理
인삼사탕	羅	in.sam.sa.tang
人蔘糖	中	銀商沙燙

마트

ma.teu

超市

A

韓 계산해 주세요 .

中 K 三內 租誰呦

羅 gye.san.he*/ju.se.yo

譯 請幫我結帳。

B

韓 이게 전부인가요 ?

中 衣給 重不銀嘎呦

羅 i.ge/jo*n.bu.in.ga.yo

譯 全部就是這些嗎？

A

韓 네 , 카드로 지불할게요 .

中 內 卡特囉 七不兒拉兒給呦

羅 ne//ka.deu.ro/ji.bul.hal.ge.yo

譯 是的 , 我要刷卡。

B

韓 비닐 봉지 드려요 ? 아니면 종이 봉투요 ?

中 匹你兒 朋基 特六呦 阿逆謬恩 宗衣 朋吐呦

羅 bi.nil/bong.ji/deu.ryo*.yo//a.ni.myo*n/jong.i/
bong.tu.yo

譯 要給您塑膠袋還是紙袋？

A

韓 비닐 봉지로 주세요.

中 匹你兒 朋幾囉 租誰呦

羅 bi.nil/bong.ji.ro/ju.se.yo

譯 請給我塑膠袋。

B

韓 여기에 사인해 주세요.

中 呦可衣 A 沙銀黑 租誰呦

羅 yo*.gi.e/sa.in.he*/ju.se.yo

譯 請您在這裡簽名。

A

韓 영수증 주세요. 고맙습니다.

中 庸酥曾 租誰呦 口嗎不森你打

羅 yo*ng.su.jeung/ju.se.yo//go.map.sseum.ni.da

譯 請給我收據，謝謝。

其他好用句　　　　　　　　　　　　♪ Track 266

韓 젓갈 식품은 어디에 있습니까?

中 醜嘎兒 系鋪悶恩 喔低 A 衣森你嘎

羅 jo*t.gal/ssik.pu.meun/o*.di.e/it.sseum.ni.ga

譯 魚醬食品在哪裡呢？

韓 문방구를 찾고 있습니다.

中 目恩邦股惹 擦勾 衣森你打

羅 mun.bang.gu.reul/chat.go/it.sseum.ni.da

譯 我在找文具用品。

韓 유효기간이 언제까지예요?

中 U 呵悠可衣感你 翁賊嘎幾耶呦
羅 yu.hyo.gi.ga.ni/o*n.je.ga.ji.ye.yo
譯 請問有效期限到什麼時候？

韓 새우가 신선합니까？
中 誰屋嘎 新松憨你嘎
羅 se*.u.ga/sin.so*n.ham.ni.ga
譯 蝦子新鮮嗎？

韓 포도 한 봉지에 얼마예요？
中 坡斗 憨 朋幾 A 喔兒媽耶呦
羅 po.do/han/bong.ji.e/o*l.ma.ye.yo
譯 一包葡萄多少錢？

韓 쇼핑 카트가 어디에 있습니까？
中 修拼 卡特嘎 喔滴 A 衣森你嘎
羅 syo.ping/ka.teu.ga/o*.di.e/it.sseum.ni.ga
譯 請問購物車在哪裡？

單字	拼音	
고기 肉	羅 中	go.gi 口可衣
햄 火腿	羅 中	he*m 黑恩
베이컨 培根	羅 中	be.i.ko*n 配衣恐
소시지 香腸	羅 中	so.si.ji 搜西幾
소갈비 牛排	羅 中	so.gal.bi 搜嘎兒逼
해산물 海產	羅 中	he*.san.mul 黑山目兒
생선 魚	羅 中	se*ng.so*n 先松恩
굴 牡蠣	羅 中	gul 哭兒
새우 蝦	羅 中	se*.u 誰屋
오징어 魷魚	羅 中	o.jing.o* 喔金喔
게 螃蟹	羅 中	ge K

單字	拼音
옥수수 玉米	羅　ok.ssu.su 中　喔酥酥
청경채 青江菜	羅　cho*ng.gyo*ng.che* 中　聰個呦疵耶
브로콜리 花椰菜	羅　beu.ro.kol.li 中　噴囉口兒理
호박 南瓜	羅　ho.bak 中　齁爸
오이 小黃瓜	羅　o.i 中　喔衣
배추 白菜	羅　be*.chu 中　陪粗
양파 洋蔥	羅　yang.pa 中　洋怕
콩나물 黃豆芽	羅　kong.na.mul 中　空那目兒
파 蔥	羅　pa 中　怕
무 蘿蔔	羅　mu 中　目
감자 馬鈴薯	羅　gam.ja 中　砍恩渣

單字		拼音
사과 蘋果	羅 中	sa.gwa 沙瓜
배 梨子	羅 中	be* 陪
바나나 香蕉	羅 中	ba.na.na 爸那那
딸기 草莓	羅 中	dal.gi 答兒可衣
감귤 蜜橘	羅 中	gam.gyul 砍恩個 U 兒
레몬 檸檬	羅 中	re.mon 雷蒙
버찌 櫻桃	羅 中	bo*.jji 波幾
참외 甜瓜	羅 中	cha.mwe 餐恩圍
포도 葡萄	羅 中	po.do 波斗
수박 西瓜	羅 中	su.bak 酥爸
파인애플 鳳梨	羅 中	pa.i.ne*.peul 怕銀 A 噴兒

가격을 물어볼 때

ga.gyo*.geul/mu.ro*.bol/de*

詢問價格時

情境對話一

♪ Track 270

A

韓　이거 얼마예요 ?

中　衣勾 喔兒媽耶呦

羅　i.go*/o*l.ma.ye.yo

譯　這個多少錢 ?

B

韓　만 4 천원입니다 .

中　蠻 沙蔥我您你打

羅　man/sa.cho*.nwo.nim.ni.da

譯　一萬四千韓圜。

情境對話二

♪ Track 271

A

韓　정가는 얼마입니까 ?

中　寵嘎能 喔兒媽影你嘎

羅　jo*ng.ga.neun/o*l.ma.im.ni.ga

譯　定價是多少錢 ?

B

韓　정가는 5 만 2 천원입니다 . 지금은 특가품이
　　라서 4 만 8 천원입니다 .

中　寵嘎能 喔慢衣蔥我您你打 七跟悶 特嘎鋪咪
　　拉搜 沙慢怕兒蔥我您你打

羅 jo*ng.ga.neun/o.ma.ni.cho*.nwo.nim.ni.da//
　 ji.geu.meun/teuk.ga.pu.mi.ra.so*/sa.man.
　 pal.cho*.nwo.nim.ni.da

譯 定價是 5 萬 2 千韓圜。因為現在是特價品，
　 所以是 4 萬 8 千韓圜。

情境對話三　　　　　　　　　　♪ Track 272

A
韓 포장까지 해서 얼마예요 ?
中 波髒嘎幾 黑搜 喔媽耶呦
羅 po.jang.ga.ji/he*.so*/o*l.ma.ye.yo
譯 連同包裝多少錢 ?

B
韓 그릇 세트는 9 만원인데 선물 케이스를 포함
　 해서 9 만 5 천원입니다 .
中 可了 誰特能 苦蠻我您貼 松木兒 K 衣思惹
　 波憨妹搜 苦蠻喔蕙我您你打
羅 geu.reut/se.teu.neun/gu.ma.nwo.nin.de/
　 so*n.mul/ke.i.seu.reul/po.ham.he*.so*/
　 gu.ma.no.cho*.nwo.nim.ni.da
譯 碗盤組是 9 萬韓圜，加上禮物盒是 9 萬 5 千
　 韓圜。

情境對話四　　　　　　　　　　♪ Track 273

A
韓 이것은 세금이 포함된 가격이에요 ?
中 衣狗神恩 誰跟咪 波憨堆 卡個呦可衣耶呦
羅 i.go*.seun/se.geu.mi/po.ham.dwen/

---

ga.gyo*.gi.e.yo

譯 這是包含稅金的價格嗎？

B -

韓 예 , 세금이 포함되어 있습니다 .

中 耶 誰跟咪 波憨腿喔 衣森你打

羅 ye//se.geu.mi/po.ham.dwe.o*/it.sseum.
ni.da

譯 沒錯 , 有含稅金在裡面。

情境對話五 ♪ Track 274

A -

韓 전부해서 얼마입니까 ?

中 蟲不黑搜 喔兒媽影你嘎

羅 jo*n.bu.he*.so*/o*l.ma.im.ni.ga

譯 總共是多少錢 ?

B -

韓 모두 7 만 8 천원입니다 .

中 摸肚 七兒蠻怕兒蔥我您你打

羅 mo.du/chil.man.pal.cho*.nwo.nim.ni.da

譯 全部是 7 萬 8 千韓圜。

A -

韓 예 , 계산해 주세요 .

中 耶 K 山內 租誰呦

羅 ye//gye.san.he*/ju.se.yo

譯 好的 , 請幫我結帳。

가격이 비쌀 때

ga.gyo*.gi/bi.ssal/de*

價格昂貴時

情境對話一

♪ Track 275

A
- 韓 이 흰색 치마는 얼마예요?
- 中 衣 喝銀誰 七媽能 喔兒媽耶呦
- 羅 i/hin.se*k/chi.ma.neun/o*l.ma.ye.yo
- 譯 這件白色裙子多少錢?

B
- 韓 원래 4 만 5 천원인데 지금은 20% 할인됩니다.
- 中 我恩類 沙蠻喔蔥我您貼 七跟悶 衣系波囉 哈林腿你打
- 羅 wol.le*/sa.ma.no.cho*.nwo.nin.de/ji.geu.meun/i.sip.peu.ro/ha.rin.dwem.ni.da
- 譯 原本是 4 萬 5 千韓圜,現在打八折。

A
- 韓 이 코트와 함께 사면 더 할인해 주실 수 있어요?
- 中 衣 叩特哇 憨給 沙謬恩 頭 哈林內 租西兒 酥 衣搜呦
- 羅 i/ko.teu.wa/ham.ge/sa.myo*n/do*/ha.rin.he*/ju.sil/su/i.sso*.yo
- 譯 如果我和這件大衣一起買,會算我更便宜一點嗎?

B

韓 이 코트는 8 만 8 천원입니다 . 둘 다 사시면
12 만원에 드릴게요 .

中 衣 叩特能 怕兒蠻怕蔥我您你打 兔兒 他 沙
西謬恩 衣系蠻我內 特里兒給呦

羅 i/ko.teu.neun/pal.man.pal.cho*.nwo.nim.
ni.da//dul/da/sa.si.myo*n/si.bi.ma.nwo.ne/
deu.ril.ge.yo

譯 這件大衣是八萬八千韓圜 , 您兩件都買的話 ,
算您 12 萬韓圜 。

A
***
韓 너무 비싸요 . 좀 더 깎아 주세요 .

中 樓目 匹沙呦 綜 頭 嘎嘎 租誰呦

羅 no*.mu/bi.ssa.yo//jom/do*/ga.ga/ju.se.yo

譯 太貴了 , 再算便宜一點吧 。

B
***
韓 이미 많이 깎아 드렸는데요 . 알았어요 . 현
금으로 지불하시면 11 만원에 드릴게요 .

中 衣咪 嗎你 嘎嘎 特溜能貼呦 阿拉搜呦 喝呦
跟悶囉 七部拉西謬恩 西逼兒嗎我內 特里兒
給呦

羅 i.mi/ma.ni/ga.ga/deu.ryo*n.neun.de.yo./
a.ra.sso*.yo//hyo*n.geu.meu.ro/ji.bul.ha.si.
myo*n/si.bil.ma.nwo.ne/deu.ril.ge.yo

譯 已經算您很便宜了 。 好啦 ! 如果您付現金 ,
我算您 11 萬韓圜 。

A
***
韓 네 , 현금으로 지불할게요 . 고맙습니다 .

中 內 喝呦恩跟悶囉 七步兒哈兒給呦 口嗎森你打

羅 ne//hyo*n.geu.meu.ro/ji.bul.hal.ge.yo//
go.map.sseum.ni.da

譯 好的，我付現金，謝謝。

A

韓 너무 비쌉니다 . 더 싸게 줄 수 없나요 ?

中 樓目 匹山你打 頭 沙給 租兒 酥 翁那呦

羅 no*.mu/bi.ssam.ni.da//do*/ssa.ge/jul/su/
o*m.na.yo

譯 太貴了，不能再算我便宜一點嗎？

B

韓 죄송합니다 . 이건 원래 8 만 7 천 5 백원인
데 8 만원에 드립니다 . 더 이상 깎지 마세요 .

中 崔松憨你打 衣拱 我兒類 怕兒蠻七兒聰喔貝
果您貼 怕兒曼我內 特林你打 頭 衣商 嘎雞
媽誰呦

羅 jwe.song.ham.ni.da./i.go*n/wol.le*/pal.man.
chil.cho*.no.be*.gwo.nin.de/pal.ma.nwo.ne/
deu.rim.ni.da//do*/i.sang/gak.jji/ma.se.yo

譯 對不起，這個原本是 8 萬 7 千 5 百韓圜，現
在算您 8 萬了。請別再殺價了。

A

韓 저는 지금 그렇게 많은 돈이 없어요 .

中 醜能 七跟 可囉 K 蠻能 同你 喔不搜呦

羅 jo*.neun/ji.geum/geu.ro*.ke/ma.neun/do.ni/
o*p.sso*.yo

譯 我現在沒有那麼多錢。

B

韓 카드로 지불하셔도 됩니다 .

中 卡的囉 七步兒哈休豆 腿你打

羅 ka.deu.ro/ji.bul.ha.syo*.do/dwem.ni.da

譯 您可以刷卡。

A

韓 그럼 좀 더 싼 것이 없어요 ?

中 可龍 綜 頭 山 狗西 喔不搜呦

羅 geu.ro*m/jom/do*/ssan/go*.si/o*p.sso*.yo

譯 那沒有更便宜一點的嗎？

B

韓 방금 다 보여 드렸잖아요 . 다 마음에 안 드
신다고 .

中 旁跟 他 波呦 特溜髒那呦 他 媽恩妹 安 特新
搭勾

羅 bang.geum/da/bo.yo*/deu.ryo*t.jja.na.yo//
da/ma.eu.me/an/deu.sin.da.go

譯 剛才都給您看過了，您都說不喜歡。

A

韓 좀 생각해 보고 올게요 .

中 宗 先嘎 K 波勾 喔兒給呦

羅 jom/se*ng.ga.ke*/bo.go/ol.ge.yo

譯 我想想再過來。

情境對話三   ♪ Track 277

A

韓 몇 프로까지 할인합니까 ?

中 謬 波囉嘎幾 哈林憨你嘎

羅 myo*t/peu.ro.ga.ji/ha.rin.ham.ni.ga
譯 打幾折呢？

B

韓 지금 50% 세일 중입니다 .

中 七跟 喔系噴囉 誰衣兒 尊影你打

羅 ji.geum/o.sip.peu.ro/se.il/jung.im.ni.da

譯 現在打五折。

情境對話四

♪ Track 278

A

韓 좀 비싸네요 .

中 綜 匹沙內呦

羅 jom/bi.ssa.ne.yo

譯 有點貴呢！

B

韓 원하시는 가격대가 있나요 ?

中 我那西能 卡個呦貼嘎 影那呦

羅 won.ha.si.neun/ga.gyo*k.de*.ga/in.na.yo

譯 您希望的價格是？

A

韓 10 만원 이하였으면 좋겠는데요 .

中 心恩蠻我 衣哈呦思謬恩 醜 K 能貼呦

羅 sim.ma.nwon/i.ha.yo*.sseu.myo*n/jo.ken.
neun.de.yo

譯 我希望是 10 萬韓圜以下。

情境對話五

♪ Track 279

A

韓 오늘은 하나 사면 덤으로 하나 더 드립니다 .

中 喔呢冷 哈那 沙謬恩 頭悶囉 哈那 頭 特林你打

羅 o.neu.reun/ha.na/sa.myo*n/do*.meu.ro/
ha.na/do*/deu.rim.ni.da

譯 今天買一送一。

B

韓 진짜예요 ? 똑같은 거 공짜로 하나 더 선물
해 주나요 ?

中 金渣耶呦 豆嘎疼 狗 工渣囉 哈那 頭 松木類
租那呦

羅 jin.jja.ye.yo//dok.ga.teun/go*/gong.jja.ro/
ha.na/do*/so*n.mul.he*/ju.na.yo

譯 真的嗎？一模一樣的免費多送一個嗎？

A

韓 네 , 그렇습니다 .

中 內 可囉森你打

羅 ne//geu.ro*.sseum.ni.da

譯 是的 , 沒錯。

其他好用句   ♪ Track 280

韓 굉장히 비싸군요 .

中 魁髒喝衣 匹沙股妞

羅 gweng.jang.hi/bi.ssa.gu.nyo

譯 好貴喔！

韓 더 이상 깎을 수 없어요 ?

中 頭 衣商 嘎哥兒 酥 喔不搜呦

羅 do*.i.sang/ga.geul/ssu.o*p.sso*.yo

譯 不能再殺價了嗎？

韓 조금만 더 깎아 주세요 .
中 醜跟蠻 頭嘎嘎 租誰呦
羅 jo.geum.man/do*.ga.ga/ju.se.yo
譯 請在算便宜一點吧。

韓 15 만원이라면 사겠어요 .
中 西撥蠻我你拉謬恩 沙給搜呦
羅 si.bo.ma.nwo.ni.ra.myo*n/sa.ge.sso*.yo
譯 如果是 15 萬韓圜，我就買。

韓 조금 싸게 해 주세요 .
中 醜跟 沙給 黑 組誰呦
羅 jo.geum/ssa.ge/he*/ju.se.yo
譯 請算便宜一點。

韓 세일 기간이 언제까지입니까 ?
中 誰衣兒 可衣趕你 翁賊嘎基衣你嘎
羅 se.il/gi.ga.ni/o*n.je.ga.ji.im.ni.ga
譯 特價期間到什麼時候？

계산할 때

gye.san.hal/de*

結帳時

情境對話一 ♪ Track 281

A

韓 이걸로 하겠어요 . 카드도 받습니까 ?

中 衣狗兒囉 哈給搜呦 卡的豆 怕森你嘎

羅 i.go*l.lo/ha.ge.sso*.yo//ka.deu.do/bat.
sseum.ni.ga

譯 我要買這個 , 可以刷卡嗎 ?

B

韓 예 , 저희 가게는 현금 , 카드 모두 가능합니다 .

中 耶 醜喝衣 卡給能 喝呦恩跟 卡的 摸肚 卡能
憨你打

羅 ye//jo*.hi/ga.ge.neun/hyo*n.geum/ka.deu/
mo.du/ga.neung.ham.ni.da

譯 可以 , 我們商店現金、信用卡都收。

A

韓 포장도 해 주나요 ?

中 波髒豆 黑 租那呦

羅 po.jang.do/he*/ju.na.yo

譯 會幫我包裝嗎 ?

B

韓 네 , 어떻게 포장해 드릴까요 ?

中 內 喔豆 K 波髒黑 特里兒嘎呦

羅 ne//o*.do*.ke/po.jang.he*/deu.ril.ga.yo

譯 要怎麼幫您包裝？

A

韓 조금 큰 선물 상자로 포장 부탁드려도 될까요?

中 醜跟恩 坑 松木兒 商渣囉 波髒 鋪他的溜豆腿兒嘎呦

羅 jo.geum/keun/so*n.mul/sang.ja.ro/po.jang/bu.tak.deu.ryo*.do/dwel.ga.yo

譯 可以請你用大一點的禮物盒幫我包裝嗎？

B

韓 이런 크기면 괜찮으시겠어요？

中 衣龍 科可衣謬恩 魁擦呢西給搜呦

羅 i.ro*n/keu.gi.myo*n/gwe*n.cha.neu.si.ge.sso*.yo

譯 這種大小可以嗎？

A

韓 네, 예쁘게 포장해 주세요. 고맙습니다.

中 內 耶撥給 波髒黑 租誰呦 口媽不森你打

羅 ne//ye.beu.ge/po.jang.he*/ju.se.yo//go.map.sseum.ni.da

譯 可以，請幫我包裝漂亮一點，謝謝。

情境對話二   ♪ Track 282

A

韓 모두 2 만 3 천원입니다.

中 摸肚 衣蠻三蔥我您你打

羅 mo.du/i.man.sam.cho*.nwo.nim.ni.da

譯 總共是 2 萬 3 千韓圜。

B

韓 카드 여기 있습니다 .

中 卡的 呦可衣 衣森你打

羅 ka.deu/yo*.gi/it.sseum.ni.da

譯 給你信用卡。

A

韓 카드 받았습니다 . 여기에 사인해 주세요 .

中 卡的 怕打森你打 呦可衣 A 沙銀黑 租誰呦

羅 ka.deu/ba.dat.sseum.ni.da//yo*.gi.e/sa.in.
he*/ju.se.yo

譯 收您信用卡，請在這裡簽名。

B

韓 비닐 봉지 하나 더 주시겠어요 ?

中 匹你兒 朋幾 哈那 頭 租西給搜呦

羅 bi.nil/bong.ji/ha.na/do*/ju.si.ge.sso*.yo

譯 可以再給我一個塑膠袋嗎？

情境對話三   ♪ Track 283

A

韓 따로따로 계산해 주세요 .

中 答囉答囉 K 三內 租誰呦

羅 da.ro.da.ro/gye.san.he*/ju.se.yo

譯 請幫我分開結帳。

B

韓 알겠습니다 . 이것들도 따로따로 싸 드릴까요 ?

中 阿兒給森你打 衣狗的豆 大囉大囉 沙 特里兒
嘎呦

羅 al.get.sseum.ni.da//i.go*t.deul.do/da.ro.

da.ro/ssa/deu.ril.ga.yo

譯 知道了，這些也要分開裝嗎？

A

韓 아니요 . 함께 종이 봉투에 넣어 주시면 돼요 .

中 阿逆呦 憨給 宗衣 朋吐 A 樓喔 租西謬恩 腿呦

羅 a.ni.yo//ham.ge/jong.i/bong.tu.e/no*.o*/
ju.si.myo*n/dwe*.yo

譯 不，一起裝在紙袋裡就可以了。

情境對話四   ♪ Track 284

A

韓 신용 카드로 지불해도 될까요 ?

中 新庸 卡的囉 七不類豆 腿兒嘎呦

羅 si.nyong/ka.deu.ro/ji.bul.he*.do/dwel.ga.yo

譯 可以刷卡嗎？

B

韓 죄송합니다 . 저희는 현금만 받습니다 .

中 崔松憨你打 醜喝依能 喝呦恩跟蠻 怕森你打

羅 jwe.song.ham.ni.da//jo*.hi.neun/hyo*n.
geum.man/bat.sseum.ni.da

譯 對不起，我們只收現金。

A

韓 그럼 이거 하나 주세요 .

中 可龍 衣狗 哈那 租誰呦

羅 geu.ro*m/i.go*/ha.na/ju.se.yo

譯 那我買一個這個。

B

韓 여기 거스름돈과 영수증입니다 . 또 오세요 .

中 呦可衣 口思冷董瓜 庸酥曾影你打 豆 喔誰呦
羅 yo*.gi/go*.seu.reum.don.gwa/yo*ng.
　su.jeung.im.ni.da//do/o.se.yo
譯 這是您的零錢和收據。歡迎再次光臨。

其他好用句

♪ Track 285

韓 어디서 계산합니까 ?
中 喔滴搜 K 散憨你嘎
羅 o*.di.so*/gye.san.ham.ni.ga
譯 在哪裡結帳？

韓 선물용으로 포장해 주시겠어요 ?
中 松木六兒囉 波髒黑 租西給搜呦
羅 so*n.mu.ryong.eu.ro/po.jang.he*/ju.si.
　ge.sso*.yo
譯 要送人的，可以幫我包裝嗎？

韓 돈이 모자랍니다 .
中 頭你 摸炸朗你打
羅 do.ni/mo.ja.ram.ni.da
譯 我錢不夠。

환불 및 교환

hwan.bul/mit/gyo.hwan

退換貨

情境對話一 ♪ Track 286

A

韓 이거 교환하고 싶은데요 .

中 衣勾 可呦歡那勾 西噴貼呦

羅 i.go*/gyo.hwan.ha.go/si.peun.de.yo

譯 我想換這個。

B

韓 왜 바꾸시려고 하는데요 ?

中 為 怕估西溜勾 哈能貼呦

羅 we*/ba.gu.si.ryo*.go/ha.neun.de.yo

譯 您為什麼想換呢？

A

韓 집에 가서 입어보니까 어깨 부분이 좀 작았
네요 .

中 雞杯 卡搜 衣撥波你嘎 喔給 鋪不你 綜 差肝
內呦

羅 ji.be/ga.so*/i.bo*.bo.ni.ga/o*.ge*/bu.bu.ni/
jom/ja.gan.ne.yo

譯 回家試穿後發現肩膀的部分很小。

B

韓 그랬습니까 ? 더 큰 걸로 바꿔 드릴 수 있습
니다 .

中 可類森你嘎 頭 坑 狗兒囉 怕果 特里兒 酥 衣

森你打

羅 geu.re*t.sseum.ni.ga//do*/keun/go*l.lo/
　　ba.gwo/deu.ril/su/it.sseum.ni.da

譯 是嗎？可以幫您換大一點的尺寸。

A

韓 고맙습니다 . 제가 좀 입어 봐도 되죠 ?

中 口嗎森你打 賊嘎 綜 衣撥 怕豆 腿救

羅 go.map.sseum.ni.da//je.ga/jom/i.bo*/bwa.
　　do/dwe.jyo

譯 謝謝 , 我可以試穿看看吧 ?

情境對話二　　　　　　　　　　　　♪ Track 287

A

韓 이거 반품하고 싶어요 .

中 衣狗 盤鋪恩哈勾 西波呦

羅 i.go*/ban.pum.ha.go/si.po*.yo

譯 我想退貨。

B

韓 제품에 무슨 문제라도 있나요 ?

中 賊鋪妹 目深 木賊拉豆 影那呦

羅 je.pu.me/mu.seun/mun.je.ra.do/in.na.yo

譯 產品有什麼問題嗎 ?

A

韓 여기 좀 보세요 . 결함이 있는 것 같아요 .

中 呦可衣 綜 波誰呦 可呦兒哈咪 引能 狗 嘎他呦

羅 yo*.gi/jom/bo.se.yo//gyo*l.ha.mi/in.neun/
　　go*t/ga.ta.yo

譯 請看這裡 , 有像有瑕疵。

A

韓 반품해 드리겠습니다 . 영수증 주세요 .

中 盤鋪妹 特里給森你打 庸酥曾 租誰呦

羅 ban.pum.he*/deu.ri.get.sseum.ni.da//yo*ng.
su.jeung/ju.se.yo

譯 我幫您退貨 , 請給我收據。

B

韓 영수증 안 가져 왔습니다 .

中 庸酥曾 安 卡糾 哇森你打

羅 yo*ng.su.jeung/an/ga.jo*/wat.sseum.ni.da

譯 我沒帶收據來。

A

韓 반품하시려면 영수증이 필요합니다 .

中 盤鋪媽西六謬恩 庸酥曾衣 匹溜憨你打

羅 ban.pum.ha.si.ryo*.myo*n/yo*ng.su.jeung.i/
pi.ryo.ham.ni.da

譯 如果您要退貨 , 必須要有收據。

韓 어제 여기서 산 이 모자를 바꾸고 싶어요 .

中 喔賊 呦可衣搜 山 衣 摸渣惹 怕估勾 西波呦

羅 o*.je/yo*.gi.so*/san/i/mo.ja.reul/ba.gu.go/
si.po*.yo

譯 我想換昨天在這裡買的這頂帽子。

韓 이거 교환할 수 있어요 ?

中 衣狗 可呦歡哈兒 蘇 衣搜呦

羅 i.go*/gyo.hwan.hal/ssu/i.sso*.yo
譯 這個可以換貨嗎？

韓 사이즈가 안 맞으면 교환할 수 있나요？
中 沙衣資嘎 安 嗎資謬恩 可呦歡哈兒 蘇 衣那呦
羅 sa.i.jeu.ga/an/ma.jeu.myo*n/gyo.hwan.hal/
　 ssu/in.na.yo
譯 如果尺寸不合可以換嗎？

韓 다른 것으로 바꿀 수 있어요？
中 他冷 狗斯囉 怕估兒 蘇 衣搜呦
羅 da.reun/go*.seu.ro/ba.gul/su/i.sso*.yo
譯 可以換成別的嗎？

韓 이거 반품도 가능해요？
中 衣狗 盤鋪恩豆 卡能黑呦
羅 i.go*/ban.pum.do/ga.neung.he*.yo
譯 這個也可以退貨嗎？

韓 품질이 좋지 않아서 교환해 주세요 .
中 鋪恩幾理 醜幾 安娜搜 可呦歡黑 租誰呦
羅 pum.ji.ri/jo.chi/a.na.so*/gyo.hwan.he*/
　 ju.se.yo
譯 品質不佳，請幫我更換。

배달을 부탁할 때

be*.da.reul/bu.ta.kal/de*

要求送貨時

情境對話一

♪ Track 290

A

韓 이거 호텔까지 배달해 줄 수 있어요 ?

中 衣狗 齁貼兒嘎幾 陪答類 租兒 酥 衣搜呦

羅 i.go*/ho.tel.ga.ji/be*.dal.he*/jul/su/i.sso*.yo

譯 可以幫我把這個送到飯店嗎 ?

B

韓 예 , 묵으시는 호텔까지 배달해 드릴 수 있습
니다 .

中 耶 目歌西能 齁貼兒嘎幾 陪打類 特里兒 酥
衣森你打

羅 ye//mu.geu.si.neun/ho.tel.ga.ji/be*.dal.he*/
deu.ril/su/it.sseum.ni.da

譯 可以 , 可以幫您送到您住的飯店。

A

韓 배달료가 따로 있어요 ?

中 陪打溜嘎 大囉 衣搜呦

羅 be*.dal.lyo.ga/da.ro/i.sso*.yo

譯 運費要另外付嗎 ?

B

韓 네 , 배달료를 따로 내셔야 합니다 .

中 內 陪打溜惹 答囉 內修押 憨你打

羅 ne//be*.dal.lyo.reul/da.ro/ne*.syo*.ya/ham.

ni.da
譯 是的，運費您必須另外付。

A

韓 알았어요. 이것은 호텔 주소입니다. 잘 부
탁합니다.

中 阿拉搜呦 衣狗神 夠貼兒 租搜影你打 差兒
鋪他砍你打

羅 a.ra.sso*.yo//i.go*.seun/ho.tel/ju.so.im.ni.
da//jal/bu.ta.kam.ni.da

譯 知道了，這是飯店的住址。麻煩您了。

B

韓 이것들은 오늘 오후쯤에 호텔에 도착할 겁
니다. 감사합니다.

中 衣狗的冷 喔呢兒 喔呼曾妹 夠貼類 頭擦卡兒
拱你打 砍殺憨你打

羅 i.go*t.deu.reun/o.neul/o.hu.jjeu.me/ho.te.re/
do.cha.kal/go*m.ni.da//gam.sa.ham.ni.da

譯 這些今天下午應該就會送到飯店了，謝謝您。

情境對話二 ♪ Track 291

A

韓 지금 다른 곳을 구경하러 갈 거예요. 혹시
배달해 주나요?

中 七跟恩 他冷 狗奢 苦個呦哈囉 卡兒 勾耶呦
後細 陪答類 租那呦

羅 ji.geum/da.reun/go.seul/gu.gyo*ng.ha.ro*/
gal/go*.ye.yo//hok.ssi/be*.dal.he*/ju.na.yo

譯 現在我要去逛其他地方，可以幫人送貨嗎？

B

韓 죄송하지만 배달은 하지 않습니다 .

中 崔松哈幾慢 陪答冷 哈機 安森你打

羅 jwe.song.ha.ji.man/be*.da.reun/ha.ji/
an.sseum.ni.da

譯 對不起，我們不幫人送貨。

A

韓 그럼 이거 좀 보관해 줄 수 있어요 ?

中 可龍 衣狗 綜 波館內 租兒 酥衣搜呦

羅 geu.ro*m/i.go*/jom/bo.gwan.he*/jul/su/
i.sso*.yo

譯 那可以保管一下這個嗎？

B

韓 몇 시쯤 가지러 오실 겁니까 ?

中 謬 西曾 卡雞囉 喔西兒 拱你嘎

羅 myo*t/si.jjeum/ga.ji.ro*/o.sil/go*m.ni.ga

譯 您大概幾點會來取貨呢？

A

韓 오늘 몇 시까지 엽니까 ?

中 喔呢 謬 西嘎幾 勇你嘎

羅 o.neul/myo*t/si.ga.ji/yo*m.ni.ga

譯 今天營業到幾點呢？

B

韓 영업 시간은 밤 10 시까지입니다 .

中 庸恩喔不 西乾能 盤 呦兒西嘎幾影你打

羅 yo*ng.o*p/si.ga.neun/bam/yo*l.si.ga.ji.im.
ni.da

譯 營業時間是到晚上 10 點。

A

韓 그럼 밤 10 시 전에 찾으러 와도 될까요?

中 可龍 盤 呦兒西 總內 擦資囉 哇豆 腿兒嘎呦

羅 geu.ro*m/bam/yo*l.si/jo*.ne/cha.jeu.ro*/
wa.do/dwel.ga.yo

譯 那我晚上 10 點前來拿可以嗎?

B

韓 네, 기다리겠습니다.

中 內 可衣搭里給森你打

羅 ne//gi.da.ri.get.sseum.ni.da

譯 可以, 會等您過來。

其他好用句   ♪ Track 292

韓 배달료는 얼마예요?

中 陪答兒六能 喔兒媽耶呦

羅 be*.dal.lyo.neun/o*l.ma.ye.yo

譯 運費多少錢?

韓 이것을 보관해 주시겠어요?

中 衣狗奢 波關內 租西給搜呦

羅 i.go*.seul/bo.gwan.he*/ju.si.ge.sso*.yo

譯 可以幫我保管這個嗎?

在 식당에서

Chapter 6

餐館

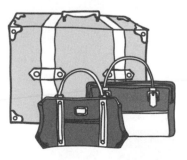

식당 예약을 할 때

sik.dang/ye.ya.geul/hal/de*

餐廳訂位時

♪ Track 293

情境對話一

A

韓 안녕하세요 . 오늘 저녁에 예약되나요 ?

中 安妞哈誰呦 喔呢兒 醜妞給 耶押腿那呦

羅 an.nyo*ng.ha.se.yo//o.neul/jjo*.nyo*.ge/
ye.yak.dwe.na.yo

譯 你好 , 今天晚上可以訂位嗎 ?

B

韓 예 , 빈 자리가 있습니다 . 모두 몇 분이세요 ?

中 耶 拼 渣里嘎 衣森你打 摸肚 謬 不你誰呦

羅 ye//bin/ja.ri.ga/it.sseum.ni.da//mo.du/myo*t/
bu.ni.se.yo

譯 可以 , 還有空位。總共幾位呢 ?

A

韓 두 명입니다 .

中 吐 謬恩影你打

羅 du/myo*ng.im.ni.da

譯 兩位。

B

韓 몇 시로 하시겠습니까 ?

中 謬 西囉 哈西給森你嘎

羅 myo*t/si.ro/ha.si.get.sseum.ni.ga

譯 您要訂幾點 ?

A

韓 오늘 저녁 일곱 시로 예약해 주세요 .

中 喔呢 醜妞 衣兒狗 西囉 耶押 K 租誰呦

羅 o.neul/jjo*.nyo*k/il.gop/si.ro/ye.ya.ke*/ju.se.yo

譯 請幫我訂今天晚上七點。

B

韓 알겠습니다 . 성함하고 전화번호 좀 말씀해 주시겠습니까 ?

中 阿給森你打 松憨媽溝 蟲花朋齁 綜 媽兒森黑 租西給森你嘎

羅 al.get.sseum.ni.da//so*ng.ham.ha.go/jo*n.hwa.bo*n.ho/jom/mal.sseum.he*/ju.si.get.sseum.ni.ga

譯 好的 , 請告訴我您的姓名與電話號碼。

情境對話二 ♪ Track 294

A

韓 예약 좀 할 수 있을까요 ?

中 耶押 綜 哈兒 酥 衣奢嘎呦

羅 ye.yak/jom/hal/ssu/i.sseul.ga.yo

譯 可以訂位嗎 ?

B

韓 몇 시쯤 오실 건가요 ?

中 謬 西贈 喔西兒 拱嘎呦

羅 myo*t/si.jjeum/o.sil/go*n.ga.yo

譯 您大概幾點來呢 ?

A

韓 내일 저녁 일곱 시에 예약하고 싶어요 .

中 內衣兒 醜妞 衣狗不 西 Ａ 耶押卡勾 西波呦

羅 ne*.il/jo*.nyo*k/il.gop/si.e/ye.ya.ka.go/
si.po*.yo

譯 我想訂明天晚上七點的位子。

B

韓 죄송합니다 . 그 시간에는 좌석이 만원입니다 .

中 崔松憨你打 科 西乾內能 抓搜可衣 蠻我您你打

羅 jwe.song.ham.ni.da//geu/si.ga.ne.neun/jwa.
so*.gi/ma.nwo.nim.ni.da

譯 對不起 , 那個時間沒有位子了。

A

韓 몇 시쯤에 예약이 가능해요 ?

中 謬 西曾妹 耶押可衣 卡能黑呦

羅 myo*t/si.jjeu.me/ye.ya.gi/ga.neung.he*.yo

譯 那可以訂幾點的位子 ?

B

韓 여덟 시 이후라면 예약이 가능합니다 .

中 呦兜兒 西 衣呼拉謬恩 耶押可衣 卡能憨你打

羅 yo*.do*l/si/i.hu.ra.myo*n/ye.ya.gi/ga.neung.
ham.ni.da

譯 八點以後可以訂位。

A

韓 그럼 내일 저녁 여덟 시에 네 명 자리 예약해
주세요 .

中 科隆恩 內衣兒 醜妞 呦兜兒 西 Ａ 內 謬 渣里
耶押 K 租誰呦

羅 geu.ro*m/ne*.il/jo*.nyo*k/yo*.do*l/si.e/ne/
myo*ng/ja.ri/ye.ya.ke*/ju.se.yo

譯 那請幫我訂明天晚上八點四個人的位子。

B

韓 알겠습니다 . 여덟 시에 네 자리를 예약해 두 겠습니다 .

中 阿兒給森你打 呦兜兒 西 A 內 渣里惹 耶押 K 吐給森你打

羅 al.get.sseum.ni.da//yo*.do*l/si.e/ne/ja.ri.reul/ ye.ya.ke*/du.get.sseum.ni.da

譯 知道了，會幫您訂八點四個人的坐位。

情境對話三   ♪ Track 295

A

韓 토요일 저녁 6 시 예약을 취소하고 싶습니다 .

中 透呦衣兒 醜妞 呦搜西 耶押哥兒 去蒐哈勾 西森你打

羅 to.yo.il/jo*.nyo*k/yo*.so*t/si/ye.ya.geul/ chwi.so.ha.go/sip.sseum.ni.da

譯 我想取消星期六晚上六點的訂位。

B

韓 성함이 어떻게 되세요 ?

中 松憨咪 喔豆 K 腿誰呦

羅 so*ng.ha.mi/o*.do*.ke/dwe.se.yo

譯 您貴姓大名？

A

韓 진건호라고 합니다 .

中 親拱齁拉勾 憨你打

羅 jin.go*n.ho.ra.go/ham.ni.da

譯 我叫陳建豪。

B

韓 예, 예약하신 걸 취소해 드렸습니다.

中 耶 耶押卡新 狗兒 去蒐黑 特六森你打

羅 ye//ye.ya.ka.sin/go*l/chwi.so.he*/deu.ryo*t.
sseum.ni.da

譯 好的，已經幫您取消訂位了。

A

韓 고맙습니다.

中 口嗎不森你打

羅 go.map.sseum.ni.da

譯 謝謝。

식당 입구에서

sik.dang/ip.gu.e.so*

在餐館門口

情境對話一

♪ Track 296

A

韓 몇 분이신가요 ?

中 謬 部你新嘎呦

羅 myo*t/bu.ni.sin.ga.yo

譯 您有幾位 ?

B

韓 세 명입니다 .

中 誰 謬影你打

羅 se/myo*ng.im.ni.da

譯 三個人。

A

韓 이리로 오시지요 . 이 자리는 어떻습니까 ?

中 衣里囉 喔西幾呦 衣 渣理能 喔豆森你嘎

羅 i.ri.ro/o.si.ji.yo//i/ja.ri.neun/o*.do*.sseum.ni.ga

譯 請來這裡 , 這個位子可以嗎 ?

B

韓 좋군요 . 고맙습니다 .

中 醜股妞 口嗎森你打

羅 jo.ku.nyo//go.map.sseum.ni.da

譯 很好 , 謝謝。

情境對話二

♪ Track 297

A

韓 어서 오세요 . 몇 분이세요 ?

中 喔搜 喔誰呦 謬 部你誰呦

羅 o*.so*/o.se.yo//myo*t/bu.ni.se.yo

譯 歡迎光臨 , 有幾位呢 ?

B

韓 두 명이에요 . 빈자리 있나요 ?

中 吐 謬衣 A 呦 拼渣里 影那呦

羅 du/myo*ng.i.e.yo//bin.ja.ri/in.na.yo

譯 兩位 , 有空位嗎 ?

A

韓 예약은 하셨나요 ?

中 耶押跟 哈休那呦

羅 ye.ya.geun/ha.syo*n.na.yo

譯 您有訂位嗎 ?

B

韓 아니요 . 예약은 안 했어요 .

中 阿你呦 耶押跟 安 黑搜呦

羅 a.ni.yo//ye.ya.geun/an/he*.sso*.yo

譯 不 , 我沒有訂位。

A

韓 지금은 빈 자리가 없습니다 . 15 분정도 기
다리실래요 ?

中 七跟悶 拼 渣里嘎 喔不森你打 西波步恩總豆
可衣搭里西兒類呦

羅 ji.geu.meun/bin/ja.ri.ga/o*p.sseum.ni.da//
si.bo.bun.jo*ng.do/gi.da.ri.sil.le*.yo

譯 現在沒有空位子 , 您要等 15 分鐘左右嗎 ?

B

韓 네 , 기다리겠어요 .

中 內 可衣搭里給搜呦

羅 ne//gi.da.ri.ge.sso*.yo

譯 好 , 我要等。

A

韓 거기 소파가 있습니다 . 앉아서 기다리세요 .

中 口可衣 搜怕嘎 衣森你打 阿渣搜 可衣搭里誰呦

羅 go*.gi/so.pa.ga/it.sseum.ni.da//an.ja.so*/
gi.da.ri.se.yo

譯 那裡有沙發 , 請坐在哪裡等。

情境對話三 ♪ Track 298

A

韓 혹시 창가쪽 테이블 있나요 ?

中 齁西 倉嘎走 貼衣波兒 影那呦

羅 hok.ssi/chang.ga.jjok/te.i.beul/in.na.yo

譯 請問有靠窗的桌子嗎？

B

韓 예 , 이층에 있습니다 . 저를 따라 오세요 .

中 耶 衣層A 衣森你打 醜惹 搭拉 喔誰呦

羅 ye//i.cheung.e/it.sseum.ni.da//jo*.reul/da.ra/
o.se.yo

譯 有 , 在二樓。請跟我來。

♪ Track 299

韓 세 사람 앉을 좌석을 주세요 .

中 誰 沙郎 安遮 抓搜歌 租誰呦

羅 se/sa.ram/an.jeul/jjwa.so*.geul/jju.se.yo

譯 請給我三個人坐的位子。

韓 오늘 저녁 7 시반으로 예약했어요 .

中 喔呢 醜紐 衣兒狗吸盤呢囉 耶押 K 搜呦

羅 o.neul/jjo*.nyo*k/il.gop.ssi.ba.neu.ro/ye.ya.
ke*.sso*.yo

譯 我訂今天晚上七點半。

韓 창가 좌석으로 주세요 .

中 倉嘎 抓搜歌囉 租誰呦

羅 chang.ga/jwa.so*.geu.ro/ju.se.yo

譯 請給我們靠窗的位子。

韓 여섯 사람인데 자리 있나요 ?

中 呦搜 沙拉民貼 渣里 影那呦

羅 yo*.so*t/sa.ra.min.de/ja.ri/in.na.yo

譯 我們有六個人 , 有位子嗎 ?

韓 어느 정도 기다려야 되지요 ?

中 喔呢 總豆 可衣搭溜押 腿基呦

羅 o*.neu/jo*ng.do/gi.da.ryo*.ya/dwe.ji.yo

譯 要等多久 ?

韓 언제쯤 자리가 날까요 ?

中 翁賊贈 渣里嘎 那兒嘎呦
羅 o*n.je.jjeum/ja.ri.ga/nal.ga.yo
譯 什麼時候會有位子？

韓 이층에 앉고 싶은데요 .
中 衣層 A 安勾 西噴貼呦
羅 i.cheung.e/an.go/si.peun.de.yo
譯 我想坐在二樓。

旅遊關鍵字 — 知名連鎖店　　♪ Track 300

單字	拼音	
스타벅스	羅	seu.ta.bo*k.sseu
星巴克	中	思他播思
맥도널드	羅	me*k.do.no*l.deu
麥當勞	中	妹兜呢喔兒的
버거킹	羅	bo*.go*.king
漢堡王	中	撥狗可銀
하겐다즈	羅	ha.gen.da.jeu
哈根達斯	中	哈跟打資
도미노피자	羅	do.mi.no.pi.ja
達美樂披薩	中	偷咪呢喔匹渣
피자헛	羅	pi.ja.ho*t
必勝客	中	匹渣齁
미스터도넛	羅	mi.seu.to*.do.no*t
Mister Donut	中	咪思偷兜樓
던킨도너츠	羅	do*n.kin.do.no*.cheu
DUNKIN' DONUTS	中	東可銀兜樓資

메뉴에 대한 문의

me.nyu.e/de*.han/mu.nui

詢問菜單時

情境對話一

♪ Track 301

A

韓 여기는 잘하는 게 뭐예요 ?

中 呦可衣能 差拉能 給 摸耶呦

羅 yo*.gi.neun/jal.ha.neun/ge/mwo.ye.yo

譯 這裡最好吃的是什麼 ?

B

韓 제일 인기 있는 요리는 감자탕하고 부대찌
개입니다 .

中 賊衣兒 銀可衣 影能 呦理能 感渣湯哈勾 鋪
貼基給影你打

羅 je.il/in.gi/in.neun/yo.ri.neun/gam.ja.tang.
ha.go/bu.de*.jji.ge*.im.ni.da

譯 最受歡迎的是馬鈴薯豬骨湯和部隊鍋。

A

韓 감자탕은 어떤 요리일까요 ?

中 感渣湯恩 喔東 呦里衣兒嘎呦

羅 gam.ja.tang.eun/o*.do*n/yo.ri.il.ga.yo

譯 馬鈴薯排骨湯是什麼料理呢 ?

B

韓 감자탕은 돼지 등뼈로 만든 탕입니다 . 안에
감자와 야채 , 파 , 고추 등이 들어갑니다 .

中 砍渣湯恩 腿基 登撥呦囉 蠻登 湯影你打 安

內 砍渣哇 押疤Ａ 怕 口粗等衣 特囉砍你打

羅 gam.ja.tang.eun/dwe*.ji/deung.byo*.ro/
man.deun/tang.im.ni.da//a.ne/gam.ja.wa/
ya.che*/pa/go.chu/deung.i/deu.ro*.gam.
ni.da

譯 馬鈴薯豬骨湯是用豬的脊椎骨製成的湯。裡
面會放馬鈴薯、蔬菜、蔥、辣椒等食材。

A

韓 매운가요 ?

中 妹溫嘎呦

羅 me*.un.ga.yo

譯 會辣嗎？

B

韓 매우 맵지 않습니다 . 맛있어요 .

中 妹屋 妹不基 安森你打 媽西搜呦

羅 me*.u/me*p.jji/an.sseum.ni.da//ma.si.sso*.yo

譯 不會很辣，很好吃。

情境對話二   ♪ Track 302

A

韓 이건 어떤 요리죠 ?

中 衣拱 喔東 呦里救

羅 i.go*n/o*.do*n/yo.ri.jyo

譯 這是什麼料理？

B

韓 전골입니다 . 해산물 , 돼지고기 , 야채 등 재
료가 들어갑니다 .

中 蟲狗領你打 黑山目兒 腿基勾可衣 押疤Ａ 等

賊六嘎 特囉砍你打

羅 jo*n.go.rim.ni.da//he*.san.mul/dwe*.ji.go.gi/
ya.che*/deung/je*.ryo.ga/deu.ro*.gam.ni.da

譯 是火鍋料理。會放海鮮、豬肉、蔬菜等食材。

情境對話三 ♪ Track 303

A

韓 여기 안 매운 거 뭐가 있습니까 ?

中 呦可衣 安 妹溫 狗 摸嘎 衣森你嘎

羅 yo*.gi/an/me*.un/go*/mwo.ga/it.sseum.
ni.ga

譯 這裡不辣的料理有什麼？

B

韓 매운 걸 못 드십니까 ? 설렁탕 , 삼계탕 , 돈
가스 , 우동 , 만두 등 다 안 매운 음식입니다 .
여기 반찬도 별로 안 맵습니다 .

中 妹溫 狗兒 摸 特欣你嘎 搜兒龍湯 三Ｋ湯 東
嘎斯 屋東 蠻賭 等 他 安 妹溫 恩西可影你打
呦可衣 盤餐豆 匹呦兒囉 安 妹森你打

羅 me*.un/go*l/mot/deu.sim.ni.ga/so*l.lo*ng.
tang/sam.gye.tang/don.ga.seu/u.dong/
man.du/deung/da/an/me*.un/eum.si.gim.
ni.da//yo*.gi/ban.chan.do/byo*l.lo/an/me*p.
sseum.ni.da

譯 您不敢吃辣嗎？牛骨湯、蔘雞湯、豬排飯、
烏龍麵、水餃等都是不辣的菜。這裡的小菜
也都不太會辣。

A

韓 추천 고맙습니다 . 생각해 보고 이따가 주문
　　할게요 .

中 粗聰 口嗎森你打 先嘎 K 波勾 衣搭嘎 租目
　　那兒給呦

羅 chu.cho*n/go.map.sseum.ni.da//se*ng.
　　ga.ke*/bo.go/i.da.ga/ju.mun.hal.ge.yo

譯 謝謝你的推薦。我想想，等一下再點餐。

情境對話四　　　　　　　　　　　　♪ Track 304

A
韓 이 메뉴는 양이 많아요 ?
中 衣 妹呢 U 能 洋衣 慢那呦
羅 i/me.nyu.neun/yang.i/ma.na.yo
譯 這道菜的量多嗎？

B
韓 혼자 드시기에는 충분한 양입니다 . 여기 반
　　찬도 공짜로 먹을 수 있습니다 .

中 哄渣 特西可衣 A 能 春部男 洋影你打 呦可
　　衣 盤餐豆 工渣囉 摸哥兒 酥 衣森你打

羅 hon.ja/deu.si.gi.e.neun/chung.bun.han/
　　yang.im.ni.da//yo*.gi/ban.chan.do/gong.jja.ro/
　　mo*.geul/ssu.it.sseum.ni.da

譯 自己吃的話量很夠。這裡的小菜也可以免費吃。

情境對話五　　　　　　　　　　　　♪ Track 305

A
韓 요리는 금방 됩니까 ?
中 呦理能 肯幫 腿你嘎

羅 yo.ri.neun/geum.bang/dwem.ni.ga

譯 馬上就可以上菜嗎？

B

韓 잠시만 기다리세요 . 금방 됩니다 .

中 禪西蠻 可衣搭里誰呦 肯幫 腿你打

羅 jam.si.man/gi.da.ri.se.yo//geum.bang/
  dwem.ni.da

譯 請您稍等一下 , 馬上就煮好了。

其他好用句   ♪ Track 306

韓 스프는 뭐가 있습니까 ?

中 思噴能 摸嘎 衣森你嘎

羅 seu.peu.neun/mwo.ga/it.sseum.ni.ga

譯 湯有哪些 ?

韓 어떤 음식이 맵지 않아요 ?

中 喔東 恩系可衣 妹不基 阿那呦

羅 o*.do*n/eum.si.gi/me*p.jji/a.na.yo

譯 哪種菜不辣 ?

單字		拼音
한정식 韓定食	羅 中	han.jo*ng.sik 憨宗系
돌솥비빔밥 石鍋拌飯	羅 中	dol.sot.bi.bim.bap 頭兒搜逼冰霸
떡볶이 辣炒年糕	羅 中	do*k.bo.gi 豆撥可衣
순두부찌개 嫩豆腐鍋	羅 中	sun.du.bu/jji.ge* 孫督不基給
김치찌개 泡菜鍋	羅 中	gim.chi.jji.ge* 可銀七雞給
삼계탕 蔘雞湯	羅 中	sam.gye.tang 三 K 湯
불고기 烤肉	羅 中	bul.go.gi 鋪兒勾可衣
김치볶음밥 泡菜炒飯	羅 中	gim.chi.bo.geum.bap 可迎七撥跟爸不
부대찌개 部隊鍋	羅 中	bu.de*.jji.ge* 鋪貼基給
매운탕 辣魚湯	羅 中	me*.un.tang 妹溫湯
갈비탕 排骨湯	羅 中	gal.bi.tang 卡兒逼湯

주문할때

ju.mun.hal.de*

點餐時

A

韓 주문하시겠어요 ?

中 租目那西給搜呦

羅 ju.mun.ha.si.ge.sso*.yo

譯 您要點餐了嗎 ?

B

韓 네 , 순두부찌개하고 김치 만두로 주세요

中 內 孫督鋪雞給哈勾 可音七 蠻堵囉 租誰呦

羅 ne//sun.du.bu.jji.ge*.ha.go/gim.chi/man.
du.ro/ju.se.yo

譯 是的 , 請給我嫩豆腐鍋和泡菜水餃。

A

韓 뭘로 하시겠어요 ?

中 摸兒囉 哈西給搜呦

羅 mwol.lo/ha.si.ge.sso*.yo

譯 您要點什麼 ?

B

韓 시간이 좀 필요한 것 같네요 . 조금 있다가
주문할게요 .

中 西乾你 綜 匹六憨 狗 嘎內呦 醜跟 衣打嘎 租

目那兒給呦

羅 si.ga.ni/jom/pi.ryo.han/go*t/gan.ne.yo//
jo.geum/it.da.ga/ju.mun.hal.ge.yo

譯 我需要一點時間，等一下我再點餐。

A
- -

韓 결정하시면 부르세요 .

中 可呦兒宗哈西謬 撲了誰呦

羅 gyo*l.jo*ng.ha.si.myo*n/bu.reu.se.yo

譯 決定好再叫我。

情境對話三

♪ Track 310

A
- -

韓 여기 주문 좀 받으세요 .

中 呦可衣 租木恩 綜 怕的誰呦

羅 yo*.gi/ju.mun/jom/ba.deu.se.yo

譯 這裡要點餐。

B
- -

韓 뭘 드시겠어요 ?

中 摸兒 特西給搜呦

羅 mwol/deu.si.ge.sso*.yo

譯 您要吃什麼？

A
- -

韓 삼겹살 이인분하고 비빔냉면 하나 , 물냉면
하나 주세요 .

中 山個呦沙兒 衣銀步那勾 匹冰雷謬恩 哈那 目
兒類謬恩 哈那 租誰呦

羅 sam.gyo*p.ssal/i.in.bun.ha.go/bi.bim.ne*ng.
myo*n/ha.na/mul.le*ng.myo*n/ha.na/ju.se.yo

譯 請給我兩人份的五花肉，一份拌冷麵一份水
冷麵。

B
韓 된장찌개는 필요 없으세요 ?
中 頹髒雞給能 匹溜 喔不思誰呦
羅 dwen.jang.jji.ge*.neun/pi.ryo/o*p.sseu.
se.yo
譯 不需要味增鍋嗎 ?

A
韓 된장찌개는 두 개 주세요 .
中 頹髒雞給能 吐 給 租誰呦
羅 dwen.jang.jji.ge*.neun/du/ge*/ju.se.yo
譯 請給我兩份味增鍋。

B
韓 알겠습니다 .
中 阿兒給森你打
羅 al.get.sseum.ni.da
譯 好的。

情境對話四   ♪ Track 311

A
韓 아주머님 , 여기 양념갈비 일인분 추가해 주
세요 .
中 阿租摸您 呦可衣 洋妞恩嘎兒逼 衣林不恩 粗
卡黑 租誰呦
羅 a.ju.mo*.nim/yo*.gi/yang.nyo*m.gal.bi/i.rin.
bun/chu.ga.he*/ju.se.yo
譯 阿姨 , 這裡要追加一份醃製排骨。

B

韓 네 , 갖다 드릴게요 .

中 內 卡答 特里兒給呦

羅 ne//gat.da/deu.ril.ge.yo

譯 好 , 會送過去。

A

韓 공기밥도 하나 주세요 .

中 空可衣爸豆 哈那 租誰呦

羅 gong.gi.bap.do/ha.na/ju.se.yo

譯 白飯也再一碗。

情境對話五　　　　　　　　　　♪ Track 312

A

韓 스테이크 부탁합니다 .

中 思貼衣可 鋪他砍你打

羅 seu.te.i.keu/bu.ta.kam.ni.da

譯 我要點牛排。

B

韓 스테이크는 어떻게 해 드릴까요 ?

中 思貼衣可能 喔豆 K 黑 特里兒嘎呦

羅 seu.te.i.keu.neun/o*.do*.ke/he*/deu.ril.
　　ga.yo

譯 您牛排要幾分熟。

A

韓 바짝 익혀 주세요 .

中 怕炸 衣可呦 租誰呦

羅 ba.jjak/i.kyo*/ju.se.yo

譯 我要全熟。

A

韓　너무 맵지 않게 해 주세요 .

中　樓木 妹不基 安 K 黑 租誰呦

羅　no*.mu/me*p.jji/an.ke/he*/ju.se.yo

譯　**請不要用得太辣。**

B

韓　알겠습니다 . 밥 드릴까요 ? 국수 드릴까요 ?

中　阿兒給森你打 爸不 特里兒嘎呦 苦酥 特里兒
　　嘎呦

羅　al.get.sseum.ni.da//bap/deu.ril.ga.yo//guk.
　　ssu/deu.ril.ga.yo

譯　**好的 , 您要飯還是麵？**

A

韓　국수로 주세요 .

中　苦酥囉 租誰呦

羅　guk.ssu.ro/ju.se.yo

譯　**請給我麵。**

A

韓　디저트를 드시겠어요 ?

中　低奏特惹 特西給搜呦

羅　di.jo*.teu.reul/deu.si.ge.sso*.yo

譯　**您要吃甜點嗎？**

B

韓　예 , 디저트는 뭐가 있어요 ?

中　耶 低走特能 摸嘎 衣搜呦

羅 ye//di.jo*.teu.neun/mwo.ga/i.sso*.yo

譯 要吃，甜點有哪什麼？

A

韓 케이크하고 아이스크림이 있습니다 .

中 K 衣可哈勾 阿衣思可裡咪 衣森你打

羅 ke.i.keu.ha.go/a.i.seu.keu.ri.mi/it.sseum.
ni.da

譯 有蛋糕和冰淇淋。

B

韓 아이스크림으로 주세요 .

中 阿衣思可裡悶囉 租誰呦

羅 a.i.seu.keu.ri.meu.ro/ju.se.yo

譯 請給我冰淇淋。

其他好用句   ♪ Track 315

韓 같은 걸로 둘 주세요 .

中 卡疼 狗兒囉 吐兒 租誰呦

羅 ga.teun/go*l.lo/dul/ju.se.yo

譯 一樣的給我兩份。

韓 이걸로 주세요 .

中 衣狗兒囉 租誰呦

羅 i.go*l.lo/ju.se.yo

譯 請給我這個。

韓 이것하고 이것을 주세요 .

中 衣狗他勾 衣狗奢 租誰呦

羅 i.go*.ta.go/i.go*.seul/jju.se.yo

譯 請給我這個和這個。

韓 불고기비빔밥을 먹겠어요 .
中 鋪兒勾可衣逼冰霸撥 摸給搜呦
羅 bul.go.gi.bi.bim.ba.beul/mo*k.ge.sso*.yo
譯 我要吃烤肉拌飯。

韓 닭도리탕을 먹고 싶어요 .
中 他豆理湯兒 末勾 西波呦
羅 dak.do.ri.tang.eul/mo*k.go/si.po*.yo
譯 我想吃韓式辣雞湯。

韓 혹시 김치찌개도 있습니까 ?
中 後西 可音七雞給豆 衣森你嘎
羅 hok.ssi/gim.chi.jji.ge*.do/it.sseum.ni.ga
譯 請問有泡菜鍋嗎？

韓 저도 같은 걸로 주세요 .
中 丑逗 卡疼 狗兒囉 租誰呦
羅 jo*.do/ga.teun/go*l.lo/ju.se.yo
譯 也給我一樣的。

單字		拼音
라볶이 拉麵辣炒年糕	羅 中	ra.bo.gi 拉撥可衣
찐빵 蒸包子	羅 中	jjin.bang 金棒
김밥 紫菜飯捲	羅 中	gim.bap 可銀爸不
호떡 黑糖餅	羅 中	ho.do*k 齁豆
오뎅 黑輪、關東煮	羅 中	o.deng 喔貼恩
핫바 魚漿條	羅 中	hat.ba 哈爸
번데기 蠶蛹	羅 中	bo*n.de.gi 朋貼可衣
양꼬치구이 烤羊肉串	羅 中	yang.go.chi.gu.i 洋勾七股衣
닭꼬치 雞肉串	羅 中	dak.go.chi 他勾七
튀김 炸物	羅 中	twi.gim 特屋衣個銀
붕어빵 鯛魚燒	羅 中	bung.o*.bang 鋪喔幫

음료수를 주문할 때

eum.nyo.su.reul/jju.mun.hal/de*

點飲料時

情境對話一 ♪ Track 317

A

韓　뭐 마실 것을 드릴까요？

中　摸 媽西兒 狗奢 特里兒嘎呦

羅　mwo/ma.sil/go*.seul/deu.ril.ga.yo

譯　要給您什麼喝的嗎？

B

韓　그냥 물 주세요.

中　可釀 目兒 租誰呦

羅　geu.nyang/mul/ju.se.yo

譯　給我水就好。

情境對話二 ♪ Track 318

A

韓　마실 것은 뭘로 하시겠어요？

中　媽西兒 狗神 摸兒囉 哈西給搜呦

羅　ma.sil/go*.seun/mwol.lo/ha.si.ge.sso*.yo

譯　您要喝什麼？

B

韓　아이스 커피로 주세요.

中　阿衣思 口匹囉 租誰呦

羅　a.i.seu/ko*.pi.ro/ju.se.yo

譯　請給我冰咖啡。

A

韓 휘핑크림 올려 드릴까요?

中 呵屋衣拼可令 喔兒溜 特里兒嘎呦

羅 hwi.ping.keu.rim/ol.lyo*/deu.ril.ga.yo

譯 要幫您加鮮奶油嗎?

B

韓 네, 많이 올려 주세요.

中 內 媽你 喔兒溜 租誰呦

羅 ne//ma.ni/ol.lyo*/ju.se.yo

譯 要,請加多一點。

情境對話三   ♪ Track 319

A

韓 뭘 마시겠습니까?

中 摸兒 媽西給森你嘎

羅 mwol/ma.si.get.sseum.ni.ga

譯 您要喝什麼?

B

韓 핫 초코 한 잔 주세요.

中 哈 醜口 憨 髒 租誰呦

羅 hat/cho.ko/han/jan/ju.se.yo

譯 請給我一杯熱可可。

A

韓 머그잔에 드릴까요, 일회용 컵에 드릴까요?

中 摸可髒內 特里兒嘎呦 衣瑞庸 口貝 特里兒嘎呦

羅 mo*.geu.ja.ne/deu.ril.ga.yo//il.hwe.yong/
ko*.be/deu.ril.ga.yo

譯 幫您裝在馬克杯還是外帶杯呢?

B

韓 머그잔에 주세요 . 너무 달지 않게 해 주세요 .

中 摸可臓內 租誰呦 樓木 他兒基 安K黑 租誰呦

羅 mo*.geu.ja.ne/ju.se.yo//no*.mu/dal.jji/an.ke/he*/ju.se.yo

譯 請裝在馬克杯，請不要用得太甜。

A

韓 알겠습니다 .

中 阿兒給森你打

羅 al.get.sseum.ni.da

譯 好的。

情境對話四　　　　　　　　　　　　　♪ Track 320

A

韓 컵 사이즈는 어떻게 하시겠어요 ?

中 口不 沙衣資能 喔豆K哈西給搜呦

羅 ko*p/sa.i.jeu.neun/o*.do*.ke/ha.si.ge.sso*.yo

譯 您要多大杯呢？

B

韓 중간 사이즈로 주세요 .

中 尊乾 沙衣資囉 租誰呦

羅 jung.gan/sa.i.jeu.ro/ju.se.yo

譯 請給我中杯。

情境對話五　　　　　　　　　　　　　♪ Track 321

A

韓 카페라떼 한 잔 주세요 .

中 卡配拉貼 憨 髒 租誰呦

羅 ka.pe.ra.de/han/jan/ju.se.yo

譯 請給我一杯咖啡拿鐵。

B --

韓 따뜻한 걸로 드릴까요, 시원한 걸로 드릴까요?

中 她的攤 狗兒囉 特里兒嘎呦 西我男 狗兒囉
　　特里兒嘎呦

羅 da.deu.tan/go*l.lo/deu.ril.ga.yo//si.won.han/
　　go*l.lo/deu.ril.ga.yo

譯 您要喝熱的還是冰的呢?

A --

韓 시원한 걸로 주세요. 얼음을 조금민 넣어 주
　　세요.

中 西我男 狗兒囉 租誰呦 喔冷悶兒 醜跟慢 樓
　　喔 租誰呦

羅 si.won.han/go*l.lo/ju.se.yo//o*.reu.meul/jjo.
　　geum.man/no*.o*/ju.se.yo

譯 請給我冰的, 冰塊放一點就好。

情境對話六　　　　　　　　　　　♪ Track 322

A --

韓 율무차 한 잔하고 인삼차 한 잔 주세요.

中 U 兒目擦 憨 髒那勾 銀山擦 憨 髒 租誰呦

羅 yul.mu.cha/han/jan.ha.go/in.sam.cha/han/
　　jan/ju.se.yo

譯 請給我一杯薏仁茶和一杯人蔘茶。

B --

韓 네, 케이크는 뭘로 드릴까요?

中 內 K 衣可能 摸兒囉 特里兒嘎呦

羅 ne!/ke.i.keu.neun/mwol.lo/deu.ril.ga.yo
譯 好的，蛋糕要哪種呢？

A

韓 치즈 케이크로 주세요.
中 七資 K 衣可囉 租誰呦
羅 chi.jeu/ke.i.keu.ro/ju.se.yo
譯 請給我起司蛋糕。

其他好用句   ♪ Track 323

韓 밀크티 한 잔이랑 카푸치노 한 잔이요. 모두
　 큰 사이즈로 주세요.
中 咪兒科踢 憨 韃你郎 卡撲七樓 憨 韃你呦 摸
　 肚 坑 沙衣資囉 租誰呦
羅 mil.keu.ti/han/ja.ni.rang/ka.pu.chi.no/han/
　 ja.ni.yo//mo.du/keun/sa.i.jeu.ro/ju.se.yo
譯 我要一杯奶茶和一杯卡布奇諾。都是大杯的。

韓 따뜻한 음료수는 뭐가 있어요?
中 搭的貪 恩六酥能 摸嘎 衣搜呦
羅 da.deu.tan/eum.nyo.su.neun/mwo.ga/i.sso*.yo
譯 熱飲有什麼？

韓 마실 건 어떤 게 있어요?
中 媽西兒 拱 喔東 給 衣搜呦
羅 ma.sil/go*n/o*.do*n/ge/i.sso*.yo
譯 喝的有哪些？

韓 녹차 있나요?

中 露擦 影那呦
羅 nok.cha/in.na.yo
譯 有綠茶嗎？

韓 얼음은 넣지 말아 주세요 .
中 喔冷悶恩 樓七 媽拉 租誰呦
羅 o*.reu.meun/no*.chi/ma.ra/ju.se.yo
譯 請不要幫我放冰塊。

韓 오렌지 주스 한 잔 주세요 .
中 喔雷基 租思 憨 髒 租誰呦
羅 o.ren.ji/ju.seu/han/jan/ju.se.yo
譯 請給我一杯柳橙汁。

國家圖書館出版品預行編目資料

背包客的菜韓文自由行 / 雅典韓研所企編
-- 初版 -- 新北市：雅典文化，民103.02
面；　公分. --（生活韓語；4）
ISBN 978-986-5753-04-7(平裝附光碟片)
1. 韓語 2. 旅遊 3. 會話

803.288　　　　　　　　　　102025464

生活韓語系列 04

背包客的菜韓文自由行

企編／雅典韓研所
責任編輯／呂欣穎
美術編輯／林于婷
封面設計／劉逸芹

法律顧問：方圓法律事務所／涂成樞律師

總經銷：永續圖書有限公司
永續圖書線上購物網
www.foreverbooks.com.tw

CVS代理／美璟文化有限公司
TEL：（02）2723-9968
FAX：（02）2723-9668

出版日／2014年2月

雅典文化

出版社
22103　新北市汐止區大同路三段194號9樓之1
TEL　（02）8647-3663
FAX　（02）8647-3660

背包客的菜韓文自由行

雅致風靡　典藏文化

親愛的顧客您好，感謝您購買這本書。即日起，填寫讀者回函卡寄回至本公司，我們每月將抽出一百名回函讀者，寄出精美禮物並享有生日當月購書優惠！想知道更多即時的消息，歡迎加入"永續圖書粉絲團"您也可以選擇傳真、掃描或用本公司準備的免郵回函寄回，謝謝。

傳真電話：（02）8647-3660　　　電子信箱：yungjiuh@ms45.hinet.net

姓名：		性別：　□男　□女
出生日期：　年　月　日		電話：
學歷：		職業：
E-mail：		
地址：□□□		
從何處購買此書：		購買金額：　　　　元

購買本書動機：□封面 □書名 □排版 □內容 □作者 □偶然衝動

你對本書的意見：
內容：□滿意□尚可□待改進　　編輯：□滿意□尚可□待改進
封面：□滿意□尚可□待改進　　定價：□滿意□尚可□待改進

其他建議：

總經銷：永續圖書有限公司

永續圖書線上購物網
www.foreverbooks.com.tw

您可以使用以下方式將回函寄回。

您的回覆，是我們進步的最大動力，謝謝。

① 使用本公司準備的免郵回函寄回。

② 傳真電話：（02）8647-3660

③ 掃描圖檔寄到電子信箱：

yungjiuh@ms45.hinet.net

沿此線對折後寄回，謝謝。

廣 告 回 信
基隆郵局登記證
基隆廣字第056號

2 2 1 - 0 3

 雅典文化事業有限公司　收

新北市汐止區大同路三段194號9樓之1

雅致風靡　典藏文化